ATRÁPAME

LA TRILOGÍA ATRÁPAME: PRIMER LIBRO

ANNA ZAIRES

♠ MOZAIKA PUBLICATIONS ♠

Este libro es una obra de ficción. Los nombres, personajes, y situaciones narrados son producto de la imaginación del autor o están utilizados de forma ficticia y cualquier parecido con personas reales, vivas o muertas, establecimientos comerciales, acontecimientos o lugares es pura coincidencia.

www.annazaires.com/book-series/espanol

Traducción de Scheherezade Surià

Publicado por Mozaika Publications, una marca de Mozaika LLC.

www.mozaikallc.com

Portada de Najla Qamber Designs

www.najlaqamberdesigns.com

e-ISBN: 978-1-63142-455-7

ISBN: 978-1-63142-454-0

I

LA MISIÓN

1

ulia

Los dos hombres que hay frente a mí encarnan el peligro. Lo exudan. Uno rubio, otro moreno: deberían ser polos opuestos, pero de alguna manera se parecen. Emanan las mismas sensaciones.

Esas sensaciones que me congelan por dentro.

—Quiero hablar de un asunto delicado con vosotros —dice Arkady Buschekov, el oficial ruso que está a mi lado. Su mirada pálida se centra en la cara del hombre moreno. Buschekov habla en ruso e inmediatamente repito sus palabras en inglés. Mi interpretación es fluida y mi acento, indetectable. Soy una buena intérprete, aunque no sea este mi verdadero trabajo.

—Adelante —dice el moreno. Se llama Julian

Esguerra y es un traficante de armas de gran éxito. Lo sé por el archivo que he repasado esta mañana. Es el tipo importante aquí hoy, el tipo al que quieren que me acerque. No debería ser muy difícil. Es un hombre increíblemente atractivo, de ojos azules y penetrantes en un rostro muy bronceado. Si no fuera por esa sensación escalofriante, me sentiría atraída por él. Dada la situación, lo fingiré, pero él no lo sabrá.

Nunca lo saben.

—Seguro que conocéis las dificultades en nuestra región —dice Buschekov—. Nos gustaría contar con vuestra ayuda para resolver este asunto.

Traduzco sus palabras haciendo todo lo posible por ocultar mi creciente emoción. Obenko tenía razón. Algo se cuece entre Esguerra y los rusos. Lo sospechó al oír que el traficante iba a viajar a Moscú.

—¿Qué tipo de ayuda? —pregunta Esguerra. Parece solo ligeramente interesado.

Cuando traduzco sus palabras para Buschekov, echo un vistazo al otro hombre de la mesa: el del pelo rubio corto, de corte tipo militar.

Lucas Kent, la mano derecha de Esguerra.

He procurado no mirarle. Me pone aún más de los nervios que su jefe. Por suerte, no es mi objetivo, así que no tengo que simular interés por él. Por alguna razón, sin embargo, mi mirada no deja de sentirse atraída por sus duros rasgos. Con su cuerpo alto y musculado, su mandíbula cuadrada y su mirada feroz, Kent me recuerda a un *bogatyr:* un noble guerrero de los cuentos tradicionales rusos.

Me descubre mirándole y le centellean los pálidos ojos al fijarse en mí. Enseguida miro hacia otro lado y reprimo un escalofrío. Esos ojos me hacen pensar en el hielo del exterior, azul grisáceo y de un frío glacial.

Gracias a Dios no es a él a quien tengo que seducir. Será muchísimo más fácil fingirlo con su jefe.

—Hay ciertas partes de Ucrania que necesitan nuestra ayuda —dice Buschekov—. Pero con la opinión internacional que hay ahora mismo, sería problemático ir a ofrecer esa ayuda.

Enseguida traduzco lo que ha dicho, otra vez centrada en la información que tengo que dar. Esto es importante; es la razón principal por la que estoy hoy aquí. Seducir a Esguerra es secundario, aunque probablemente siga siendo inevitable.

—Así que quieres que lo haga yo —dice Esguerra, y Buschekov asiente cuando lo traduzco.

—Sí —dice este—. Nos gustaría que un cargamento considerable de armas y otros suministros llegase a los luchadores por la libertad en Donetsk. Que no puedan rastrearlo y relacionarlo con nosotros. A cambio, se os pagarían los honorarios habituales y garantizamos un salvoconducto hasta Tayikistán.

Cuando le transmito las palabras, Esguerra sonríe con frialdad.

—¿Eso es todo?

—También preferiríamos que evitarais tratos con Ucrania de momento —añade Buschekov—. Dos sillas para un solo culo, ya me entiendes.

Hago lo que puedo al traducir esa última parte,

pero en inglés no suena ni de lejos tan contundente. También me guardo absolutamente todas las palabras en la memoria para poder trasladárselas a Obenko más tarde. Esto es exactamente lo que mi jefe esperaba que oyera. O, mejor dicho, lo que temía que oyera.

—Me temo que necesitaré una compensación adicional para eso —dice Esguerra—. Como sabes, no suelo tomar partido en esta clase de conflictos.

—Sí, eso hemos oído. —Buschekov se lleva un trozo de *selyodka,* pescado salado, a la boca y lo mastica despacio mientras mira al traficante de armas—. Quizás quieras replantearte esa postura en nuestro caso. Puede que la Unión Soviética haya desaparecido, pero nuestra influencia en la región sigue siendo bastante significativa.

—Sí, lo sé. ¿Por qué crees que estoy aquí? —La sonrisa de Esguerra me recuerda a la de un tiburón—. Pero la neutralidad es un lujo caro y difícil de abandonar. Estoy seguro de que lo entiendes.

La mirada de Buschekov se torna más fría.

—Lo entiendo. Estoy autorizado a ofrecerte un veinte por ciento más del pago habitual por tu cooperación en este asunto.

—¿Veinte por ciento? ¿Cuando estás reduciendo a la mitad mis beneficios potenciales? —Esguerra ríe en voz baja—. Va a ser que no.

En cuanto lo traduzco, Buschekov se sirve un poco de vodka y le da vueltas en el vaso.

—Un veinte por ciento más y la custodia del

terrorista de Al-Quadar capturado —dice tras unos instantes—. Es nuestra última oferta.

Traduzco lo que dice y echo otro vistazo al rubio, con una inexplicable curiosidad por ver su reacción. Lucas Kent no ha dicho una sola palabra en todo este rato, pero noto cómo lo mira todo, cómo lo absorbe todo.

Y noto cómo me mira a mí.

¿Sospecha algo o simplemente le atraigo? En cualquier caso, me preocupa. Los hombres como él son peligrosos y tengo la sensación de que este puede serlo incluso más que la mayoría.

—Pues trato hecho —dice Esguerra, y me doy cuenta de que está ocurriendo. Lo que Obenko temía va a pasar. Los rusos van a conseguir las armas para los llamados luchadores por la libertad y el desastre de Ucrania alcanzará proporciones épicas.

Bueno, eso ya es problema de Obenko, no mío. Lo único que tengo que hacer es sonreír, estar guapa e interpretar; y eso hago durante el resto de la comida.

CUANDO TERMINA LA REUNIÓN, BUSCHEKOV SE QUEDA en el restaurante para hablar con el propietario y yo salgo con Esguerra y Kent.

En cuanto ponemos un pie fuera, un frío cortante se apodera de mí. El abrigo que llevo es elegante, pero no sirve para un invierno ruso. El frío atraviesa la lana y me llega hasta los huesos. En cuestión de segundos, los pies se me convierten en témpanos de hielo porque las finas suelas de mis zapatos de tacón no sirven de mucho para protegerlos del suelo helado.

—¿Te importaría llevarme al metro más cercano? —pregunto cuando Esguerra y Kent se acercan al coche. Se nota que tirito y cuento con que ni siquiera unos criminales despiadados dejarían a una mujer guapa congelarse sin motivo—. Creo que está a unas diez manzanas de aquí.

Esguerra me observa durante un segundo, entonces le hace un gesto a Kent.

—Regístrala —ordena con brusquedad.

Mi corazón se acelera cuando el rubio se acerca a mí. Sus duras facciones no muestran ninguna emoción, su expresión no cambia ni cuando sus grandes manos me registran de la cabeza a los pies. Es un cacheo normal —no intenta manosearme ni nada así—, pero cuando acaba estoy tiritando por un motivo distinto; una sensación extraña e inoportuna me ha calado hondo.

No. Me esfuerzo por respirar con normalidad. Esta no es la reacción que necesito y él no es el hombre ante el que debo reaccionar.

—Está limpia —dice Kent mientras se aleja de mí, y procuro controlar una exhalación de alivio.

—Vale. —Esguerra me abre la puerta del coche—. Sube.

Entro y me siento junto a él en la parte de atrás, agradeciendo mentalmente que Kent se haya quedado delante con el conductor. Por fin puedo pasar a la acción.

—Gracias —digo, dedicándole a Esguerra mi sonrisa más cálida—. Te lo agradezco de verdad. Está siendo uno de los peores inviernos de los últimos años.

Para mi decepción, la cara del apuesto traficante de armas no muestra ni un ápice de interés.

—Sin problema —contesta, mientras saca el teléfono. Aparece una sonrisa en sus sensuales labios cuando lee el mensaje que ha recibido y empieza a teclear una respuesta.

Lo observo y me pregunto qué lo puede haber puesto de tan buen humor. ¿Un trato que ha salido bien? ¿Una oferta mejor de la esperada por parte de algún proveedor? Sea lo que sea le está distrayendo de mí, y eso no es bueno.

—¿Vas a quedarte aquí mucho tiempo? —pregunto, poniendo una voz suave y seductora. Cuando me mira, sonrío y cruzo las piernas, cuya longitud enfatizan las medias de seda negra que llevo puestas—. Te puedo enseñar la ciudad, si quieres. —Le miro a los ojos al hablar, poniendo una mirada lo más invitadora posible. Los hombres no saben diferenciar entre esto y un deseo genuino; mientras parezca que una mujer les desea, ellos creen que es así de verdad.

Y, para ser justa, la mayoría de las mujeres sí desearían a este hombre. Es más que atractivo; guapísimo, en realidad. Muchas matarían por tener la oportunidad de estar en su cama, incluso con ese punto cruel y oscuro que emana. El hecho de que a mí no me diga nada es problema mío, uno en el que tendré que trabajar si quiero completar la misión.

No sé si Esguerra sospecha algo o simplemente no soy su tipo, pero en lugar de aceptar mi oferta, me responde con una fría sonrisa.

—Gracias por la invitación, pero nos iremos pronto y me temo que estoy demasiado cansado para visitar la ciudad como se merece.

«Mierda». Oculto mi decepción y le devuelvo la sonrisa.

—Claro. Si cambias de opinión, ya sabes dónde encontrarme. —No puedo decir nada más sin levantar sospechas.

El coche se detiene delante de mi parada de metro y yo salgo intentando pensar cómo voy a explicar mi fracaso en este asunto.

«¿No me deseaba?». Sí, seguro que eso podría funcionar.

Respiro hondo y me ciño con fuerza el abrigo sobre el pecho; corro hacia la estación de metro, decidida, al menos, a alejarme del frío.

2

ulia

Lo primero que hago al llegar a casa es llamar a mi jefe y trasladarle todo lo que he descubierto.

—Así que es lo que yo sospechaba —dice Vasiliy Obenko cuando termino—. Van a usar a Esguerra para armar a los putos rebeldes de Donetsk.

—Sí. —Me quito los zapatos y entro a la cocina para prepararme un té—. Y Buschekov ha exigido exclusividad, así que Esguerra está ahora totalmente aliado con los rusos.

Obenko lanza una ristra de insultos, la mayoría de los cuales incluye alguna combinación de putos, putas e hijos. Lo ignoro mientras echo agua a un hervidor eléctrico y lo enciendo.

—Vale —dice Obenko cuando se calma un poco—. Vas a verlo esta noche, ¿verdad?

Respiro hondo. Ahora llega la parte incómoda.

—No exactamente.

—¿«No exactamente»? —La voz de Obenko se vuelve peligrosamente suave—. ¿Qué cojones significa eso?

—Me ofrecí, pero no estaba interesado. —Siempre es mejor decir la verdad en este tipo de situaciones—. Dijo que se iban pronto y que estaba muy cansado.

Obenko empieza a maldecir de nuevo. Aprovecho el tiempo para abrir el envoltorio de una bolsita de té, ponerla en una taza y echarle agua hirviendo.

—¿Estás segura de que no lo vas a volver a ver? —pregunta cuando acaba con los insultos.

—Razonablemente segura, sí. —Soplo el té para enfriarlo—. No estaba interesado y punto.

Obenko se queda callado unos instantes.

—Vale —dice por fin—. La has cagado, pero ya resolveremos eso más tarde. De momento tenemos que averiguar qué hacer con Esguerra y las armas que van a inundar el país.

—¿Eliminarle? —sugiero. Mi té todavía está un poco caliente, pero aun así le doy un sorbo y disfruto del calor que me baja por la garganta. Es un placer muy simple, pero las mejores cosas de la vida siempre son muy simples. El olor de las lilas que florecen en primavera, el suave pelaje de un gato, el jugoso dulzor de una fresa madura... En los últimos años he aprendido a atesorar estas cosas, a exprimir cada gota de alegría en la vida.

—Del dicho al hecho hay mucho trecho. —Obenko parece frustrado—. Está más protegido que Putin.

—Ya. —Doy otro sorbo al té y cierro los ojos, esta vez paladeando el sabor—. Estoy segura de que encontrarás la forma.

—¿Cuándo ha dicho que se iba?

—No lo ha dicho. Solo ha dicho que pronto.

—Vale. —De repente, Obenko se impacienta—. Si contacta contigo, avísame de inmediato.

Y, antes de que pueda responder, cuelga.

COMO TENGO LA TARDE LIBRE, DECIDO DISFRUTAR DE UN baño. Mi bañera, como el resto del apartamento, es pequeña y lóbrega, pero las he visto peores. Engalano la fealdad de ese baño estrecho con un par de velas perfumadas en el lavabo y burbujas en el agua y entonces me meto en la bañera; dejo escapar un suspiro de felicidad cuando me envuelve el calor.

Si pudiera elegir, siempre haría calor. Quienquiera que dijese que en el infierno hace mucho calor se equivocaba. El infierno es muy muy frío. Frío como un invierno ruso.

Estoy disfrutando en remojo cuando suena timbre. Se me disparan los latidos al instante y la adrenalina se me propaga por las venas.

No espero a nadie; lo que significa que solo pueden ser problemas.

Salgo de la bañera de un salto, me envuelvo en una toalla y corro hasta la sala principal del estudio. La ropa que me he quitado sigue en la cama, pero no tengo tiempo de ponérmela. En lugar de eso, me pongo un albornoz y cojo un arma del cajón de la mesita de noche.

Entonces respiro hondo y me acerco a la puerta, arma en ristre.

—¿Sí? —digo, y me paro a un par de pasos de la entrada. La puerta es de acero reforzado, pero la cerradura no. Podrían disparar a través de ella.

—Soy Lucas Kent. —La voz profunda, hablando en inglés, me sobresalta tanto que el arma me tiembla en la mano. El pulso se me vuelve a acelerar y me tiemblan las piernas.

¿Qué hace aquí? ¿Sabe algo Esguerra? ¿Alguien me ha traicionado? No dejo de darle vueltas a esas preguntas y el corazón me late desbocado, pero justo entonces se me ocurre el procedimiento más lógico.

—¿Qué pasa? —pregunto, procurando que mi voz no pierda su firmeza. Hay una explicación para la presencia de Kent sin que quiera matarme: Esguerra ha cambiado de opinión. En cuyo caso, tengo que actuar como la inocente civil que se supone que soy.

—Quiero hablar contigo —dice Kent, y oigo en su voz un deje divertido—. ¿Vas a abrir la puerta o vamos a seguir hablando a través de ocho centímetros de acero?

«Mierda». Eso no suena a que Esguerra lo haya enviado a por mí.

Barajo rápidamente mis opciones. Puedo quedarme encerrada en el apartamento y esperar que no consiga entrar —o cogerme cuando salga, algo que es inevitable porque en algún momento tendré que salir— o puedo correr el riesgo de suponer que no sabe quién soy y actuar con normalidad.

—¿Por qué quieres hablar conmigo? —pregunto para ganar tiempo. Es una pregunta lógica. Cualquier mujer en esta situación sería precavida, no solo si tiene algo que ocultar—. ¿Qué quieres?

—A ti.

Esas dos palabras, pronunciadas con su voz profunda, me asestan un golpe. Los pulmones dejan de funcionarme y miro a la puerta, poseída por un pánico irracional. No me equivocaba, cuando me preguntaba si yo le atraía. Sí, al parecer la razón por la que no dejaba de mirarme era tan simple como la naturaleza misma.

Sí. Me desea.

Me esfuerzo por respirar. Debería ser un alivio. No hay motivo para entrar en pánico. Los hombres me han deseado desde que tenía quince años y he aprendido a lidiar con ello, a volver su lujuria a mi favor. Esto no es diferente.

«Salvo que Kent es más duro y más peligroso que la mayoría».

No. Silencio esa vocecilla y respiro hondo mientras bajo el arma. Al hacerlo, vislumbro mi imagen en el espejo del pasillo. Los ojos azules abiertos como platos en una cara pálida, el cabello recogido de cualquier manera con varios rizos húmedos que me caen por el cuello. Con el albornoz abrochado y el arma en la mano, no me parezco en nada a la chica elegante que había intentado seducir al jefe de Kent.

Tomo una decisión y grito:

—¡Un momento!

Podría intentar negarle a Lucas Kent la entrada a mi apartamento —no sería muy sospechoso tratándose de una mujer sola—, pero lo más sensato sería aprovechar esta oportunidad para conseguir algo de información.

Como mínimo, puedo intentar averiguar cuándo se va Esguerra y contárselo a Obenko, para compensar parte del fracaso anterior.

Con rapidez, escondo el arma en un cajón bajo el espejo del pasillo y me suelto el pelo para dejar que los gruesos y rubios mechones me caigan por la espalda. Ya me he quitado el maquillaje, pero tengo la piel suave y mis pestañas son marrones al natural, así que tampoco estoy tan mal. En cualquier caso, así parezco más joven e inocente.

Más como «la chica de al lado», como les gusta decir a los estadounidenses.

Ya segura de estar presentable, me acerco a la puerta y abro la cerradura, tratando de no hacer caso del fuerte y frenético latido de mi corazón.

3

ulia

ENTRA A MI APARTAMENTO EN CUANTO LA PUERTA SE abre. Sin dudar, sin saludar; entra sin más.

Sorprendida, doy un paso atrás; el pasillo, corto y estrecho, de pronto se me antoja tan pequeño que me agobia. Había olvidado lo grande que es Kent, lo anchos que son sus hombros. Yo soy alta para ser mujer —lo bastante para fingir ser modelo si la tarea lo requiere—, pero él me saca una cabeza. Con el grueso abrigo que lleva, ocupa casi todo el pasillo.

Aún sin mediar palabra, cierra la puerta tras él y se me acerca. Me aparto de manera instintiva, sintiéndome como una presa acorralada.

—Hola, Yulia —murmura, y se detiene cuando

salimos del pasillo. Su pálida mirada está fija en mi rostro—. No esperaba verte así.

Trago saliva, tengo el pulso disparado.

—Acabo de darme un baño. —Quiero parecer tranquila y segura, pero me tiene totalmente desconcertada—. No esperaba visitas.

—No, ya lo veo. —Sus labios forman una leve sonrisa que suaviza las duras líneas de su boca—. Y, aun así, me has dejado entrar. ¿Por qué?

—Porque no quería seguir hablando a través de la puerta. —Respiro para serenarme—. ¿Quieres un poco de té? —Es una pregunta estúpida, teniendo en cuenta para qué está aquí, pero necesito unos instantes para recomponerme.

Alza las cejas.

—¿Té? No, gracias.

—¿Te guardo entonces el abrigo? —Parece que no puedo dejar de hacer de anfitriona; uso la cortesía para ocultar la ansiedad—. Tiene pinta de dar calor.

Me mira con aire divertido.

—Claro. —Se quita el abrigo y me lo da. Quedan a la vista un jersey negro y unos vaqueros oscuros remetidos en unas botas negras de invierno. Los vaqueros se le ciñen a las piernas y le marcan unos muslos musculosos y unas pantorrillas fuertes; y veo que en el cinturón lleva una funda con un arma dentro.

De manera irracional, se me acelera la respiración al verla y me las veo y me las deseo para que no me tiemblen las manos cuando cojo el abrigo y me acerco a colgarlo en el armarito. No me sorprende que vaya armado —me sorprendería que no lo estuviese—, pero el arma es un potente recordatorio de quién es Lucas Kent.

De *qué* es Lucas Kent.

No es para tanto, me digo, intentando calmar mis nervios crispados. Estoy acostumbrada a los hombres peligrosos. Me crie entre ellos. Este hombre no es tan distinto. Me acostaré con él, conseguiré la información que pueda y después saldrá de mi vida.

Sí, eso es. Cuanto antes lo haga, antes acabará todo.

Cierro la puerta del armario, esbozo una sonrisa ensayada y me doy la vuelta para mirarlo, al fin lista para retomar el papel de seductora segura de sí misma.

Pero él ya está a mi lado, ha cruzado la habitación sin hacer un solo ruido.

Mi pulso se vuelve a disparar y mi compostura se va al garete. Está lo bastante cerca para ver las estriaciones grises de sus ojos azul pálido, lo bastante cerca para tocarme.

Y, al cabo de un segundo, me toca. Levanta la mano y me roza la mandíbula con los nudillos.

Le miro, confundida por la respuesta instantánea de mi cuerpo. Me aumenta la temperatura y se me endurecen los pezones, mi respiración es cada vez más rápida. No tiene sentido que este extraño rudo y despiadado me ponga tanto. Su jefe es más atractivo, más llamativo y, sin embargo, es a Kent a quien mi cuerpo reacciona. Lo único que me ha tocado hasta ahora es la cara. No debería ser nada, pero, de alguna manera, me resulta íntimo. Íntimo y perturbador.

Vuelvo a tragar saliva.

—Señor Kent, Lucas, ¿estás seguro de que no quieres algo de beber? Quizás un café o…

Mis palabras terminan con un suspiro jadeante cuando me coge el cinturón del albornoz y tira de él con tanta facilidad como sin abriera un paquete.

—No. —Mira cómo se abre el albornoz, que deja expuesto mi cuerpo desnudo—. Nada de café.

Y entonces me toca de verdad; con la palma de la mano, grande y fuerte, me recoge el pecho. Tiene los dedos encallecidos, ásperos. Fríos de estar en la calle. Mueve el pulgar sobre mi pezón endurecido y noto una sensación muy intensa desde lo más profundo de mi alma, una espiral de deseo tan desconocida como su roce.

Luchando contra el deseo de apartarme, me humedezco los labios.

—Eres muy directo, ¿no?

—No tengo tiempo para juegos. —Los ojos le resplandecen cuando vuelve a mover el pulgar sobre mi pezón—. Los dos sabemos por qué estoy aquí.

—Para acostarte conmigo.

—Sí. —No se molesta en suavizarlo, en ofrecerme algo más que la cruel verdad. Sigue sujetándome el pecho, tocando mi carne desnuda como si fuera su derecho—. Para acostarme contigo.

—¿Y si digo que no? —No sé por qué lo pregunto. No es así como se supone que deberían ir las cosas. Tendría que estar seduciéndolo, no intentando alejarlo. Pero algo en mi interior se rebela ante la suposición de que soy suya y puede hacerme lo que quiera. No es el primer hombre que lo supone, pero nunca me había molestado tanto. No sé qué ha cambiado esta vez, pero quiero que se aparte de mí, que deje de tocarme. Lo deseo con tanta fuerza que aprieto los puños y se me tensan los músculos por la necesidad de luchar.

—¿Estás diciendo que no? —Lo pregunta con calma, su pulgar rodea ahora mi areola. Mientras busco una respuesta, desliza su otra mano hasta mi pelo y me agarra posesivamente la nuca.

Lo miro y recupero el aliento.

—¿Y si fuera así? —Para mi disgusto, me sale una voz débil y asustada. Es como si fuera virgen otra vez, acorralada por mi entrenador en el vestuario—. ¿Te irías?

Esboza una media sonrisa.

—¿Tú qué crees? —Aprieta los dedos alrededor mi pelo y tira lo justo para que se note pero no duela. Su otra mano, la de mi pecho, continúa con suavidad, pero no importa.

Tengo mi respuesta.

Así que cuando quita la mano de mi pecho para deslizarla hasta mi vientre, no me resisto. En su lugar, separo las piernas para dejar que me toque el coño, recién depilado. Y cuando me introduce un dedo con brusquedad, no intento apartarme. Me quedo de pie, intentado controlar la respiración, intentando convencerme de que esto no es diferente de cualquier otro encargo.

Pero lo es.

No quiero que lo sea, pero lo es.

—Estás mojada —murmura, y me mira mientras me introduce aún más el dedo—. Muy mojada. ¿Siempre te excitas tanto con hombres a los que no deseas?

—¿Qué te hace pensar que no te deseo? —Para mi alivio, la voz me sale más firme esta vez. Lo pregunto con suavidad, casi con diversión, mientras sostengo su mirada—. Te he dejado entrar, ¿no?

—Te acercaste a él. —Kent tensa la mandíbula y me quita la mano de la nuca para agarrarme un mechón de pelo—. Antes le deseabas a él.

—Eso es. —Esa muestra de celos típicamente masculina me tranquiliza porque me coloca en un terreno que conozco. Consigo suavizar el tono, hacerlo más seductor—. Y ahora te deseo a ti. ¿Te molesta?

Kent entrecierra los ojos.

—No. —Me introduce un segundo dedo mientras presiona el pulgar contra mi clítoris—. Para nada.

Quiero decir algo inteligente, soltar una réplica ágil, pero no puedo. Me sacude un placer agudo y sorprendente. Se me tensan los músculos interiores aferrándose a sus dedos ásperos e invasores, y tengo que contenerme muchísimo para no gemir en voz alta. Alzo las manos involuntariamente para agarrarle el antebrazo. No sé si intento apartarle o hacer que siga, pero no importa. Bajo la suave lana del jersey noto que en su brazo hay músculos de acero. No puedo controlar sus movimientos; solo puedo aferrarme a él mientras empuja cada vez más en mi interior con sus dedos despiadados.

—Te gusta, ¿verdad? —murmura mirándome a los ojos y jadeo cuando empieza a mover el pulgar sobre mi clítoris, de lado a lado y después de arriba a abajo. Curva los dedos en mi interior y reprimo un gemido cuando alcanza un punto que envía una punzada de sensaciones aún más intensas a mis terminaciones nerviosas. Noto una espiral de sensaciones en mi interior, el placer se intensifica y me doy cuenta, sorprendida, de que estoy al borde del orgasmo.

Mi cuerpo, normalmente lento en responder, palpita de deseo ante el roce de un hombre que me da miedo; algo que me sorprende tanto como me perturba.

No sé si me lo ve en la cara o nota la tensión en mí, pero se le dilatan las pupilas y se le oscurecen los ojos.

—Sí, eso es. —Su voz es un murmullo grave y profundo—. Córrete para mí, preciosa. —Presiona con fuerza el pulgar contra mi clítoris—. Eso es.

Y lo hago. Con un gemido ahogado, alcanzo el clímax alrededor de sus dedos; los bordes de sus uñas cortas y afiladas se me clavan en la carne. Se me nubla la vista y siento un hormigueo en la piel mientras surco esta ola de sensaciones. Y entonces me dejo caer sobre él, solo sujeta por su mano en mi pelo y sus dedos dentro de mí.

—Muy bien —dice con voz profunda; y, cuando vuelvo a enfocar, veo que me mira atentamente—. Ha estado bien, ¿verdad?

No soy capaz ni de asentir, pero parece que no necesita confirmación. ¿Por qué iba a hacerlo? Noto la humedad en mi interior, que ahora cubre esos dedos duros y masculinos; unos dedos que aparta de mi lentamente, mirándome a la cara todo el tiempo. Quiero cerrar los ojos, o al menos apartar la vista de su penetrante mirada, pero no puedo. No sin demostrarle lo mucho que me asusta.

Así que, en lugar de echarme atrás, le observo yo a él y veo señales de excitación en sus fuertes rasgos. Tiene la mandíbula muy apretada al mirarme, un pequeño músculo palpita cerca de su oreja derecha. E, incluso a través de su bronceado tono de piel, veo el color intenso de sus afilados pómulos.

Me desea con todas sus fuerzas y saberlo me alienta a actuar.

Extiendo el brazo para agarrar el duro paquete de su entrepierna.

—Sí que ha estado bien —susurro, alzando la vista para mirarle—. Y ahora te toca a ti.

Se le dilatan aún más las pupilas e hincha el pecho con una inspiración profunda.

—Sí. —Su voz está cargada de lujuria, me acerca más a él agarrándome del pelo—. Sí, creo que me toca.

Y, antes de poder replantearme la prudencia de mi insolente provocación, baja la cabeza y atrapa mi boca con la suya.

Jadeo y entreabro la boca por la sorpresa, y él enseguida aprovecha la situación para besarme con pasión. Su boca, de apariencia dura, resulta sorprendentemente suave en la mía; sus labios son cálidos y delicados mientras su lengua explora con ansia el interior de mi boca. En ese beso hay habilidad y confianza; es el beso de un hombre que sabe cómo satisfacer a una mujer, cómo seducirla con el solo roce de sus labios.

El calor que hierve en mi interior se intensifica, la tensión dentro de mí vuelve a aumentar. Me sujeta tan cerca de él que mis pechos desnudos presionan contra su jersey, la lana me roza los duros pezones. Noto su erección a través de la áspera tela de sus vaqueros; presiona contra mi vientre y demuestra así cuánto me desea, lo frágiles que son en realidad sus pretensiones de control. Ni me doy cuenta de que el albornoz se me ha resbalado y me ha dejado completamente desnuda y me olvido de ello cuando él emite un gruñido gutural y me empuja contra la pared.

La inesperada superficie fría en mi espalda me aclara la mente por un instante, pero él ya se está desabrochando los pantalones, me separa las piernas con las rodillas y levanta la cabeza para mirarme. Oigo el rasgado de un paquete de aluminio y entonces me rodea el trasero para levantarme del suelo. Me agarro a sus hombros y se me acelera el corazón cuando me ordena con voz ronca:

—Rodéame con las piernas. —Y me baja hasta su rígido pene, todo esto mientras me sostiene la mirada.

La embestida es fuerte y profunda, me penetra hasta el fondo. Me tiembla la respiración por su fuerza, por esa brutalidad intransigente. Se me tensan los músculos internos a su alrededor, tratando en vano de impedir que entre. Su polla es tan grande como el resto de su cuerpo, tan larga y gruesa que me estira hasta llegar a doler. Si no estuviera tan mojada, me habría desgarrado. Pero estoy mojada y, tras unos instantes, mi cuerpo empieza a relajarse, a amoldarse a su grosor. De manera inconsciente, levanto las piernas y abrazo con ellas sus caderas tal y como me había dicho; la nueva postura hace que se deslice aún más dentro de mí, la sensación me hace gritar.

Entonces comienza a moverse, le centellean los ojos mientras me mira. Cada embestida es tan fuerte como la primera, pero mi cuerpo ya no intenta luchar contra ellas. Estoy más mojada aún y eso facilita las penetraciones. Cada vez que me embiste, su ingle presiona contra mi sexo y me presiona el clítoris; vuelvo a sentir la tensión de mi interior, que aumenta a cada segundo. Me doy cuenta, anonadada, de que estoy a punto de alcanzar mi segundo orgasmo… y entonces sucede, la tensión alcanza su clímax y explota, diluyendo mis pensamientos y electrificando mis terminaciones nerviosas.

Noto mis propias palpitaciones, noto cómo mis músculos aprietan y liberan su pene, y entonces veo su mirada desenfocada cuando deja de embestir. Un gemido ronco y profundo se escapa de su garganta mientras presiona contra mí y sé que él también se ha corrido: mi orgasmo lo ha llevado al límite.

Estoy jadeando, lo miro, observo que sus pálidos ojos azules vuelven a centrarse en mí. Sigue en mi interior y, de repente, me abruma la intimidad de la situación. Él no es nadie para mí, es un extraño, pero aun así me ha follado.

Me ha follado y yo se lo he permitido porque es mi trabajo.

Trago saliva y le empujo en el pecho mientras separo las piernas de su cintura.

—Por favor, déjame bajar. —Sé que debería hacerle arrumacos y alimentar su ego. Debería decirle lo fantástico que ha sido, que me ha dado más placer que nadie. No mentiría; nunca me había corrido dos veces con un hombre. Pero no consigo hacerlo. Me siento demasiado desnuda, demasiado expuesta.

Pero con este hombre no tengo el control y saberlo me asusta.

No sé si lo nota o solo quiere jugar conmigo, pero en sus labios aparece una sonrisa sarcástica.

—Ya es tarde para arrepentirse, guapa —murmura; y, antes de poder responderle, me baja y deja de agarrarme el culo. Su suave pene sale de mi cuerpo cuando se aleja y veo, todavía respirando de manera irregular, cómo se quita el condón con indiferencia y lo tira al suelo.

Por algún motivo, esa acción me hace ruborizar. Hay algo malo, sucio, en ese condón ahí tirado. Puede que sea porque me siento como él: usada y desechada. Veo el albornoz en el suelo y voy a recogerlo, pero la mano de Lucas sobre mi brazo me detiene.

—¿Qué haces? —pregunta, mirándome. No parece preocupado en lo más mínimo por seguir con los vaqueros desabrochados y la polla al aire—. Todavía no hemos acabado.

Se me corta la respiración.

—Ah, ¿no?

—No —dice mientras se acerca. Para mi sorpresa, noto cómo se le pone dura contra mi estómago—. Ni de coña.

Y, sujetándome del brazo, me lleva hacia la cama.

4

ulia

Agitada, me siento en el borde de la cama y veo a Lucas desvestirse.

Primero, se quita el jersey, bajo el que lleva una camiseta ajustada sobre el pecho musculoso. Luego, se quita los zapatos y se baja los vaqueros y los calzoncillos negros. Tiene las piernas tan fuertes como le adivinaba a través de la ropa, de músculo grueso e igual de bronceadas que el rostro. Su polla, ya dura de nuevo, sobresale del nido de pelo rubio en su ingle, y cuando se quita la camiseta, le veo unos abdominales bien definidos y un pecho esculpido.

Lucas Kent tiene el cuerpo de un atleta, bonito y de una fuerza contundente.

Mientras lo miro, me doy cuenta de las ganas extrañas que tengo de tocarlo. No por complacerlo o porque sea lo que espera de mí, sino porque me apetece. Quiero saber cómo es tocar sus músculos con la yema de los dedos, si su piel bronceada es lisa o áspera. Quiero lamerle el cuello, colocar la lengua en el hueco por encima de su clavícula y descubrir cómo sabe esa piel de aspecto cálido.

No tiene sentido, pero lo deseo. Lo deseo a pesar de estar dolorida por su sexo duro e incluso sabiendo que esto solo es una misión y nada más.

Se quita los vaqueros y los calzoncillos y los aparta para luego acercarse a mí. No me muevo cuando se acerca. Apenas respiro cuando lo tengo al lado, se detiene y se pone en cuclillas.

—Túmbate —murmura, agarrándome las pantorrillas y, a la que me doy cuenta de lo que está haciendo, me empuja hacia él hasta que mi trasero sobresale parcialmente del colchón.

—¿Qué estás...? —comienzo a decir, pero me ignora, usando una mano fuerte para empujarme sobre el colchón. Caigo sobre la espalda, el corazón me late muy fuerte, y luego lo noto.

Su cálido aliento sobre mi sexo mientras me separa los muslos.

Mi respiración se acelera de nuevo, el calor surge a través de mi cuerpo mientras presiona un beso en mis pliegues cerrados, sus labios suaves y dulces.

Apenas ejerce presión sobre mi clítoris, pero soy tan sensible a causa de mis orgasmos anteriores que incluso ese toque ligero me vuelve loca. Jadeo, me arqueo hacia él, y se ríe suavemente; ese sonido grave y masculino crea vibraciones que viajan a través de mi carne, aumentando el creciente dolor dentro de mí.

—Lucas, espera. —Me quedo sin aliento, aterrada por la necesidad que está creando dentro de mí. El techo desaparece frente a mis ojos—. Espera, no…

Me ignora una vez más, su lengua se desliza sobre mi coño y se adentra en mi abertura. Cuando comienza a follarme con la lengua, me olvido de lo que iba a decir. Me olvido de todo. Cierro los ojos y el mundo a mi alrededor desaparece, dejando solo la oscuridad y la sensación de su lengua penetrando mi coño empapado, hacia dentro y hacia fuera. El fuego que arde dentro de mí es candente, tengo la carne tan hinchada y sensible que su lengua se me antoja grande como una polla. Salvo que es más suave y más flexible. A medida que mueve la lengua más arriba, dando vueltas alrededor de mi clítoris, me tenso y noto como si una cuerda se enrollara cada vez más.

—Lucas, por favor... —Las palabras salen en un gemido suplicante. No sé lo que estoy pidiendo... porque cierra los labios alrededor de mi clítoris palpitante y lo chupa. Ligeramente, suavemente, usando solo sus labios mientras su lengua lame la parte superior. Y es suficiente. Con eso basta. Se me curvan los dedos de los pies, la tensión se acumula en una bola palpitante en mi sexo mientras me arqueo y luego me viene un grito ahogado cuando el orgasmo me atraviesa con una fuerza cegadora. Cada célula de mi cuerpo se llena con el placer vibrante y el corazón me late a toda velocidad en el pecho.

Antes de que pueda recuperarme, me da la vuelta boca abajo, inclinándome sobre el borde de la cama. Luego oigo un paquete de papel aluminio rasgarse y un segundo después, se me acerca, su gruesa polla me atraviesa, estirándome una vez más. Jadeo, me agarro a las sábanas mientras me folla con un ritmo duro y rápido, penetrándome tan fuerte que debería doler, aunque ahora no pienso en eso. Lo único que siento es deseo. Estoy inundada, borracha de las sensaciones que me despierta. Mientras me penetra, sus movimientos fuerzan mi sexo contra el borde del colchón, presionando rítmicamente mi clítoris, y exploto de nuevo, gritando su nombre. Pero no se detiene.

Sigue follándome, me clava los dedos en las caderas mientras sigue introduciéndose en mí, una y otra vez.

Me despierto enredada con él, con nuestros cuerpos pegados por el sudor pegajoso. No recuerdo haberme quedado dormida en sus brazos, pero debe de haber sido así, porque ahí es donde estoy, rodeada por su fuerte cuerpo.

Está oscuro y él está dormido. Oigo su respiración regular y siento el ascenso y caída de su pecho mientras mi cabeza descansa sobre su hombro. Tengo la boca seca y la vejiga llena, así que intento salir de debajo de su brazo pesado, que de inmediato se ciñe a mi alrededor.

—¿A dónde vas? —La voz de Lucas suena ronca por el sueño.

—Al baño —le digo con cautela—. Tengo que orinar.

Levanta el brazo y saca la pierna de mis pantorrillas.

—Vale. Ve.

Me alejo de él y me siento, haciendo una mueca por el dolor que siento en mi interior. No sé cuánto tiempo me folló la segunda vez, pero podría haber sido una hora o más. Perdí la cuenta de cuántas veces me corrí; los orgasmos se fusionaron en una ola interminable de subidas y bajadas.

Me tiemblan las piernas mientras me pongo de pie, los muslos internos me duelen de abrirlos de par en par. Después de cogerme por detrás, me dio la vuelta y me agarró por los tobillos, manteniendo mis piernas abiertas mientras me follaba, empujando con tanta fuerza que le supliqué que parara. No lo hizo, por supuesto. Simplemente movió las caderas, cambiando el ángulo de sus embestidas para llegar a ese punto sensible dentro de mí y me olvidé del dolor, perdida en el placer abrumador del sexo.

Respirando profundamente, me obligo a volver al presente, la vejiga me recuerda otra necesidad abrumadora. Temblorosa, voy al baño y hago mis necesidades. Luego me lavo las manos, me cepillo los dientes y me lavo la cara con agua fría, tratando de recuperar el equilibrio.

Todo está bien, me digo a mí misma mientras me miro la cara pálida en el espejo. Todo va según el plan. El buen sexo es una ventaja, no es un problema. ¿Y si este extraño despiadado me hace responder de esta manera? No significa nada. Es solo follar, un acto físico sin sentido.

Excepto que con él sí lo tiene.

No. Cierro los ojos con fuerza para alejar esa vocecilla y me echo más agua en la cara para limpiarme las dudas. Tengo trabajo que hacer y no hay nada de malo en tratar esta noche como una ventaja del trabajo.

No hay nada de malo en permitirme sentir placer, siempre y cuando no signifique nada.

Cuando ya me siento algo mejor, vuelvo a la cama, donde Lucas me está esperando. En cuanto me acuesto a su lado, me empuja contra él, curvando su cuerpo a mi alrededor desde la parte posterior y cubriéndonos a ambos con una manta. Dejo escapar un suspiro de placer mientras su calidez me rodea. Este hombre es como un horno, genera tanto calor que me abrasa; no hace el frío que suele hacer en mi apartamento.

—¿Cuándo te vas? —pregunto con tiento mientras me acomoda, colocando mi cabeza sobre su brazo extendido y cubriendo con su otro brazo mi cadera. Esto es lo que necesito saber, lo que le debo decir a Obenko por mi fracaso, pero algo se remueve dentro de mí mientras espero la respuesta de Lucas.

Esa punzada de emoción... espero que no sea pesar por saber que se irá.

No tendría sentido.

Lucas acaricia mi oreja.

—Por la mañana —susurra, con los dientes me roza el lóbulo de la oreja. Su aliento envía un escalofrío cálido—. Tengo que estar fuera de aquí en un par de horas.

—Oh.

Hago caso omiso a la punzada irracional de tristeza y hago una rápida operación mental. Según el reloj digital de mi mesita de noche, son algo más de las cuatro de la mañana. Si tiene que salir de mi departamento alrededor de las seis, entonces su avión debe de salir a las ocho o nueve de la mañana.

Obenko no tiene mucho tiempo para hacer lo que tiene planeado para Esguerra.

—¿No puedes quedarte más tiempo? —Giro la cabeza para rozar con los labios el brazo extendido de Lucas. Es el tipo de pregunta que hace una mujer que siente algo por un hombre, así que no tengo miedo de que pueda sospechar.

Se ríe suavemente.

—No, bonita, no puedo. Deberías alegrarte. —Alarga el brazo y desliza la mano hasta acariciarme el sexo—. Con lo dolorida que me dijiste que estabas...

Trago saliva, recordando cómo supliqué misericordia al final de esa sesión maratoniana de sexo, tenía el interior en carne viva de tanto follar. Increíblemente, siento una sensación renovada al recordarlo y al recordar el contacto de esa mano grande y fuerte entre mis piernas.

—Lo estoy —le susurro, con la esperanza de que se detenga y, al mismo tiempo, espero que no lo haga.

Para mi alivio y decepción, mueve la mano hacia mi cadera, a pesar de que nota su polla apretada contra mi culo. El tipo es una máquina sexual de lujuria imparable. Según el archivo que me dieron, tiene treinta y cuatro años. La mayoría de los hombres que han pasado la adolescencia no quieren tener relaciones sexuales tres veces por noche. Una vez o dos, quizá. ¿Pero tres veces? Su polla no debería ponerse así de tiesa con tan poca provocación.

Y eso hace que me pregunte cuánto tiempo ha pasado desde que Lucas Kent estuvo con una mujer.

—¿Regresarás pronto? —pregunto, dejando de lado ese pensamiento. Es ridículo, pero la idea de que esté con otras mujeres, dándoles la clase de placer que me ha dado a mí, hace que se me contraiga el pecho de una manera desagradable.

—No lo sé —dice, moviéndose para que su erección se apoye más cómodamente contra mi trasero—. Tal vez algún día.

—Ya veo. —Miro la oscuridad, luchando contra esa parte de mí que quiere gritar como un niño al que se le priva de su juguete favorito. Esto no es real, nada de esto es real. Incluso si fuera una intérprete de verdad sabría que esto no es más que un lío de una noche. Pero no soy la chica despreocupada y fácil que finjo ser. No he follado con él por diversión; lo he hecho para obtener información y, ahora que la tengo, debo llevársela a Obenko de inmediato.

Cuando la respiración de Lucas se apaga, lo que significa que se ha vuelto a quedar dormido, cojo mi teléfono cuidadosamente. Está en la mesita de noche, a menos de treinta centímetros de distancia, y me las arreglo para agarrarlo sin molestar a Lucas, que todavía me tiene agarrada. Ignorando el creciente dolor en mi pecho, escribo un mensaje codificado a Obenko, haciéndole saber que Kent está conmigo y a qué hora piensa irse.

Si mi jefe planea atacar a Esguerra, este momento es tan bueno como cualquier otro, ya que al menos un hombre del equipo de seguridad de Esguerra está fuera de juego.

En cuanto se envía el mensaje de texto, lo borro del teléfono y vuelvo a dejar el móvil en la mesita de noche. Luego cierro los ojos y me obligo a relajarme contra el duro cuerpo de Lucas.

Mi trabajo está hecho, para bien o para mal.

5

ucas

Me despierto con la sensación poco familiar de un cuerpo bonito en mis brazos y el leve olor a melocotones en mi nariz. Al abrir los ojos, veo el pelo rubio enmarañado extendido sobre la almohada frente a mí y un hombro delgado y pálido asomándose por debajo de la manta.

Me sobresalto, pero al poco me acuerdo.

Estoy con Yulia Tzakova, la intérprete contratada por los rusos para la reunión de ayer.

Me vienen los recuerdos de anoche y me arde la sangre. Joder, fue superexcitante.

Todo en ella era perfecto, solo pensar en ese sexo tan intenso me la pone dura. No sé qué esperaba cuando aparecí en su puerta, pero no era lo que sucedió anoche.

La había observado durante toda la reunión, disfrutando de la forma en que tradujo sin esfuerzo, con una voz suave y sin acento. No fue una sorpresa que llamara mi atención. Siempre me han gustado las rubias altas y con piernas largas, y Yulia Tzakova es tan bella como ellas, con esos ojos claros azules y su fina estructura ósea. No comió gran cosa durante la comida, solo mordisqueó un par de aperitivos, pero bebió té y me vi mirando cómo sus labios rosados y brillantes tocaban el borde de su taza de porcelana... en la suave columna blanca de su garganta, que se movía mientras tragaba. Quería sentir esos labios cerrándose alrededor de la base de mi polla y ver su garganta moverse mientras tragaba mi semen. Quería quitarle esa ropa elegante y doblarla sobre la mesa, para agarrarle ese cabello largo y sedoso mientras la penetraba, follándola hasta que gritara y se corriera.

La deseaba a ella... y ella solo parecía tener ojos para Esguerra.

Incluso ahora, saber que se acercó a mi jefe me deja un sabor amargo en la boca. No debería importarme, Esguerra siempre ha sido un imán para las chicas y eso siempre me ha dado igual. De hecho, me divierte la forma en que las mujeres se le echan encima, aun cuando sospechan cómo es de verdad. Incluso su nueva esposa, una bonita y pequeña niña estadounidense que secuestró hace casi dos años, parece haberse enamorado de él. Es lógico que Yulia intente seducirlo, o al menos eso es lo que me dije a mí mismo mientras miraba cómo ella se comía a Esguerra con los ojos durante toda la reunión.

Si ella lo deseaba, para él sería bienvenida.

Pero él no la deseaba. Me sorprendió esa última parte, aunque en los últimos dos años no lo he visto liarse con ninguna mujer. Si por él fuera, se pasaría todo el tiempo en su isla privada. Hasta hace unos meses no supe que tenía a su chica estadounidense allí, con la que terminó casándose. La chica, Nora, debe de haber satisfecho sus necesidades todo el tiempo. Seguro que aún lo hace y excepcionalmente bien, dado que Esguerra no le dedicó ni una mirada a Yulia.

Estuve tentado a olvidarme también de la intérprete, pero él me pidió que la cacheara. Ella estaba allí temblando con su elegante abrigo y tuve la oportunidad de sentirla, de pasar mis manos sobre su cuerpo en busca de armas. No había ninguna, pero su respiración cambió cuando la toqué. No me miró, no se movió, pero noté un ligero tirón en su respiración y vi que se le enrojecían las mejillas pálidas. Hasta ese momento, no pensé que se hubiera fijado en mí, pero entonces me di cuenta de que así era y que, por algún motivo, había estado forcejeando contra esa atracción hacia mí. Así pues, cuando Esguerra rechazó su invitación, tomé la decisión impulsiva de seducirla.

Solo una noche y solo para aplacar el deseo.

No fue difícil obtener su dirección, lo que tardé en llamar a Buschekov, y luego me presenté en su puerta, esperando ver a la misma mujer soltera y confiada que coqueteaba con mi jefe.

Pero no fue la misma quien me saludó.

Era una niña que parecía poco más que una adolescente, con su hermoso rostro sin maquillar y su cuerpo alto y esbelto envuelto en una bata nada elegante. Me dejó entrar en su piso después de decirle explícitamente lo que quería, pero la mirada de sus grandes ojos azules era la de un conejillo asustado. Durante un instante, dudé de si me quería allí; parecía tan nerviosa como un animalillo frente a un zorro. Su ansiedad era tan palpable que me pregunté si había cometido un error al ir, si de alguna manera había interpretado mal su experiencia o el nivel de su interés en mí.

Solo una caricia, me dije mientras me cogía el abrigo. Solo una caricia y si ella no quiere, me voy, pensé. Nunca había forzado a una mujer en mi vida y no tenía la intención de hacerlo con ella, con una chica que parecía extrañamente inocente a pesar de sus conexiones corruptas con el Kremlin.

Una chica a la que deseaba más con cada segundo que pasaba.

Me dije que me limitaría a esa caricia, pero en cuanto la toqué, supe que mentía. Su piel cremosa era suave como la de un bebé, los huesos de su mandíbula tan delicados que eran casi frágiles. Mi mano parecía marrón y áspera en comparación con su perfección pálida; mi palma se veía tan grande que podría haberle aplastado la cara con un apretón fuerte.

Se quedó inmóvil cuando la toqué y noté el pulso latiendo a un lado de su cuello. Cuando la registré antes, olía caro, como un perfume elegante, pero ese ya no era el caso. De pie frente a mí, con las mejillas coloradas, olía a melocotones e inocencia. Lógicamente, sabía que tenía que ser por el gel de ducha, pero aún se me hacía la boca agua por las ganas de lamerla, de probar esa carne limpia y con aroma a fruta.

De ver lo que escondía debajo de esa bata grande y tan poco sexi.

Dijo algo acerca de una copa, o tal vez era café, pero apenas la escuché, toda mi atención estaba en la piel pálida que se veía por la parte superior de su bata.

—No —le dije automáticamente—, nada de café.

Y luego alcancé el lazo de su bata, mis manos parecía que actuaban por su propia cuenta. La prenda cayó con un leve tirón, revelando un cuerpo sacado de mis sueños más húmedos. Pechos altos y grandes con pezones rosados duros, una cintura lo suficientemente pequeña para agarrar con las manos, caderas suavemente curvas y piernas muy largas. Y entre esas piernas, ni siquiera un indicio de vello, solo el montículo liso y desnudo de su coño.

Se me puso tan dura la polla que dolió.

Ella se sonrojó aún más, un rubor apareció en su rostro y su pecho, y se evaporó cualquier autocontrol que yo pudiera tener. Acaricié su pecho, moví mi pulgar sobre su pezón y observé sus pupilas expandirse, oscureciendo sus ojos azules.

Estaba respondiendo. Todavía asustada, quizás, pero respondía al tacto.

No era mucho, pero bastaba. No podría haberme marchado en ese punto ni aunque una bomba hubiera explotado junto a nosotros.

—Eres muy directo, ¿verdad? —susurró, mirándome, y le dije que no tenía tiempo para jugar. Era cierto, aunque solo fuera porque notaba que me sentía más intenso, más violento que cualquier cosa que hubiera conocido antes. En ese momento, hubiera hecho lo que fuera necesario, cruzar cualquier línea y hasta cometer algún crimen.

—¿Y si digo que no? —preguntó, su voz temblaba ligeramente, y pensó en todo lo que podía pasar si, de hecho, decía que no.

—¿A ti qué te parece? —pregunté, deteniéndome mientras intentaba adivinar la respuesta, pero no respondió. Debía de notar esas ganas enormes dentro de mí y decidió no seguir jugando. Vi la aceptación en sus ojos, sentí la forma en que se inclinaba hacia mí, como si me concediera permiso.

Entonces la toqué y sentí el calor suave entre sus piernas. La penetré con un dedo y noté su humedad.

Me deseaba... a no ser que no estuviera húmeda por mí. A no ser estuviera pensando en Esguerra en ese momento. Esa idea me llenó de rabia.

—¿Siempre te mojas tanto con los hombres que no deseas? —le pregunté, incapaz de ocultar mis celos irracionales, y ella me dijo que sí me deseaba. Antes había deseado a Esguerra y ahora me deseaba a mí.

—¿Te molesta eso? —preguntó, y por primera vez desde que llegué a su apartamento, parecía la mujer experimentada y segura del restaurante en vez de la chica asustada que me había saludado en la puerta.

La dicotomía me fascinó y me excitó, incluso cuando la rabia continuaba ardiendo en mis venas.

—No —le dije, empujando otro dedo en su sexo resbaladizo y encontrando su clítoris con mi pulgar—. Para nada.

Su mirada se suavizó y se desenfocó un poco; noté que me apretaba los dedos con el sexo y que se volvía aún más húmedo al tacto. Me agarró el brazo como si quisiera detenerme, pero su cuerpo dio la bienvenida a mis caricias. La miré atentamente, observando cada expresión en su rostro, escuchando cada jadeo y gemido mientras movía mis dedos dentro y alrededor de su coño. Estaba receptiva, tanto, que no tardé en aprender lo que le gustaba, lo que hacía que se me mojaran los dedos. Notaba su cuerpo empezando a tensarse, su respiración acelerada y se me puso la polla tan dura que parecía que iba a estallar.

—Sí, eso es. —Presioné su clítoris con fuerza—. Córrete para mí, preciosa, así.

Y lo hizo. Su mirada se volvió distante, ciega, y su coño se estremeció entre mis dedos. La sostuve hasta que sus contracciones se detuvieron, mi mano todavía agarraba su cabello sedoso, y le dije con satisfacción:

—Muy bien. No ha estado mal, ¿no?

Al principio no me respondió y, por un momento, volví a preguntarme si la había malinterpretado, si de algún modo la estaba forzando a ello. Pero luego extendió la mano y con atrevimiento me agarró las pelotas por encima de los vaqueros.

—Ha estado bien —susurró, mirándome—. Ahora te toca a ti.

Y no necesité nada más. Me sentía como una bestia desatada, pero de alguna manera me las arreglé para besarla de una manera casi civilizada, saboreando sus labios en lugar de devorarlos, mientras por dentro moría por hacerlo. Su boca era deliciosa, como el té caliente y la miel y, por un instante, pude mantener algo de control, fingir que no era un salvaje lleno de lujuria.

Pero realmente lo era y cuando se le resbaló la bata por los hombros, estallé; la empujé contra la pared. Gracias a las dos décadas de experiencia, me acordé de ponerme un condón y al momento la estaba levantando y diciéndole que me envolviera con sus piernas mientras la embestía, incapaz de esperar ni un segundo más.

Se ceñía a mi alrededor, tan increíblemente prieta y caliente que casi me corrí, sobre todo al notar que contraía el coño y se tensaba todo su cuerpo ante mi embestida. Preocupado por si le había hecho daño, me detuve un momento, esperando hasta que subiera bien las piernas y se agarrara a mis caderas, y luego comencé a follarla duro, con un deseo intensísimo que no había experimentado nunca. Quería estar dentro y no volver a salir, tomarla tan fuerte hasta dejar mi huella en sus carnes.

La observé mientras la follaba y supe el momento exacto en que alcanzaba el clímax. Sus ojos se agrandaron, como por sorpresa, y luego noté que se le estremecía el sexo y le entraban espasmos. La sensación era tan intensa que no pude contener mi propio orgasmo. Me inundó incontrolablemente y hundí mi pelvis en ella; necesitaba metérsela tan adentro como pudiera, fundirme con ella en este placer explosivo y alucinante.

Fue el mejor clímax de mi vida. Me sentía drogado, consumido por su sabor y su tacto, y por unos momentos, pensé que para ella habría sido igual, pero luego me empujó.

—Déjame bajar, por favor —dijo, con expresión angustiada, y fue como un cubo de agua fría.

Le di dos orgasmos y ella me miraba como si la hubiera violado. Como si la hubiera asaltado en un callejón.

Algo dentro de mí se retorció y se endureció. Curvando mis labios en una sonrisa sardónica, dije:

—Ya es tarde para arrepentirse, guapa. —Bajándola para ponerme de pie, aparté mis manos de su culo firme y bien proporcionado. Mi polla se deslizó hacia fuera de ella cuando di un paso atrás y el condón, lleno de mi semen, comenzó a soltarse.

Lo saqué y lo dejé caer al suelo. Sus ojos siguieron el movimiento y se puso colorada de nuevo. Estaba avergonzada por lo que había sucedido, me di cuenta, y me enfadé aún más.

Me invitó a entrar, dijo que me deseaba, *su puto*

cuerpo me dijo que me deseaba, y ahora hacía como si todo hubiera sido un gran error.

Como si le faltara tiempo para huir de mí.

A la mierda, decidí, me hervía la sangre con una mezcla de furia y lujuria renovada. Si creía que la dejaría salirse con la suya, estaba muy pero que muy equivocada.

Y el resto de la noche, me dediqué a mostrarle lo equivocada que estaba. Le lamí el coño y la follé hasta que me suplicó que parara, hasta que su voz se volvió ronca por gritar mi nombre y tuve la polla en carne viva por hundirla en sus carnes apretadas. La hice correrse media decena de veces antes de permitirme mi segundo orgasmo, y luego tuve que contenerme para no tomarla por tercera vez cuando se despertó para ir al baño.

Tuve que contenerme porque, de alguna manera y aunque parecía imposible, quería más.

Todavía quiero más.

Hija de puta. Le dije a Yulia que regresaría algún día, pero si este deseo malsano no desaparece, tendré que regresar a Moscú antes de lo previsto, tal vez en cuanto hayamos terminado en Tayikistán.

Sí, eso es, decido cuando me levanto y empiezo a vestirme.

Haré mi trabajo y luego, si la chica rusa sigue en mi mente, volveré a por ella.

6

 *ulia*

ME HAGO LA DORMIDA MIENTRAS LUCAS SE VISTE Y SALE de mi apartamento sin hacer ruido. Cuando cierra la puerta, oigo el clic del pestillo automático. Me alegro de haberlo instalado. En Moscú no es seguro dejar la puerta abierta durante mucho tiempo. Los criminales son audaces, ingeniosos y al parecer... omnipresentes.

Me quedo con los ojos cerrados un minuto más para asegurarme de que Lucas no regresa y luego salto de la cama, ignorando la punzada de dolor entre mis piernas. Automáticamente, mis pensamientos se vuelven hacia la fuente de ese dolor y una vez más soy consciente de esa extraña punzada de tristeza.

Las probabilidades de volver a ver a Lucas Kent son nulas.

Basta, me regaño a mí misma. No hay razón para pensar en él. Nos hemos acostado, nada más. Lo que tengo que hacer ahora es averiguar si Obenko ha tenido la oportunidad de atacar a Esguerra mientras Kent estaba fuera de juego. Si es así, mi misión aquí habrá acabado por fin. Mi tapadera es fuerte, pero cuando los rusos se den cuenta de que ha habido una filtración, sospecharán de mí.

Llamo a Obenko mientras me visto.

—¿Novedades? —pregunto cuando contesta.

—Tenemos un plan —dice—. Pudimos rastrear el Boeing C-17 de Esguerra; es el único avión privado de ese tamaño programado para despegar en las próximas horas. Nuestro contacto en Uzbekistán se encargará del resto.

Me detengo cuando estoy abrochándome las botas.

—¿Qué quieres decir?

—Los militares uzbekos dispararán un misil cuando sobrevuelen su espacio aéreo —dice Obenko—. Accidentalmente, por supuesto. A los rusos no les hará gracia, pero no comenzarán una guerra por un traficante de armas. Nuestro contacto será encarcelado y degradado, pero su familia será bien compensada por sus problemas.

—¿Vas a derribar el avión de Esguerra? —Se me hace un nudo en la garganta. No me importa lo que le pase a Esguerra, pero sí que Lucas muera en una maraña de metal aplastado o vuele en pedazos...

—Sí. Sería demasiado arriesgado atacarlo aquí. Tiene cuatro decenas de mercenarios. De lo contrario, no podríamos llegar a él.

—Ya veo —Me siento fría, como si alguien hubiera caminado sobre mi tumba—. Entonces morirán todos.

—Si todo sale según el plan, sí. Eliminaremos la amenaza de una vez y sin ninguna víctima de nuestro bando.

—Ya. —Intento inyectarle cierto entusiasmo a mi voz, pero no sé si lo consigo. Solo puedo pensar en Lucas quemado y destrozado, sus ojos pálidos mirando sin ver el cielo. No debería importarme, no es nada para mí, pero no puedo quitarme esa imagen horrible de la cabeza.

—Necesitamos desinfiltrarte —dice Obenko, captando de nuevo mi atención—. Si los rusos comienzan a investigar y nuestro contacto uzbeko decide hablar, no tardarán mucho en descubrir cómo nos llegó la información. Es desafortunado, pero siempre supimos que esto era un riesgo con esta misión.

—Está bien. —Aprieto los ojos y me froto el puente de la nariz—. ¿Dónde me reúno con el equipo?

—Coge el tren a Kon'kovo. Ahí tendremos un coche listo para ti. —Y cuelga.

TARDO MENOS DE VEINTE MINUTOS EN HACER LAS

maletas. Llevo seis años viviendo en Moscú, pero no tengo muchas posesiones que me importen. Un poco de maquillaje, un cepillo para el pelo, un cambio de ropa interior, mi pasaporte falso, un arma, es lo único que necesito en mi gran bolso de Gucci. También me aseguro de que la ropa que llevo puesta —vaqueros de diseñador metidos en unas botas planas que me llegan hasta la rodilla, un suéter de cachemira y una parka gruesa y bien ajustada— sea cálida y elegante. Si alguien me ve salir del piso, iré parecida a lo que esperarían: una mujer joven que se dirige al trabajo, abrigada contra el frío brutal.

Cuando termino de hacer la maleta, limpio todo el piso para borrar mis huellas y salir, cerrando con cuidado la puerta. Ya no me importa si los ladrones entran, pero no hay necesidad de facilitarles las cosas.

Nadie parece estar mirando cuando salgo a la calle, aun así, voy con ojo, asegurándome de que no me siguen.

Cuando me acerco a la estación de metro, vuelvo a pensar en Lucas y me estremezco a pesar de la ropa de abrigo. Debería estar feliz, llevo meses esperando la exfiltración, pero no puedo dejar de pensar en el destino de Lucas.

¿Morirá rápido o lentamente? ¿Va a ser el misil lo que lo matará o el choque en sí? ¿Permanecerá consciente el tiempo suficiente para darse cuenta de que está a punto de morir?¿Adivinará que tuve algo que ver con lo que sucedió?

El nudo en mi garganta me aprieta y me ahoga. Por un momento loco, me invade la necesidad abrumadora de llamarlo, de advertirle que no suba a ese avión. De hecho, busco el teléfono en el bolso antes de apartar la mano y meterla en el bolsillo.

Idiota, idiota, idiota, me reprendo mientras bajo las escaleras hacia la estación de metro. Ni siquiera tengo el número de Kent, y aunque lo tuviera, advertirle significaría traicionar a Obenko y a mi país.

Traicionar a Misha.

No, nunca. Respiro profundamente, ignorando la aglomeración. En este punto, la operación está fuera de mis manos. Aunque quisiera cambiar algo, no podría. Obenko y su equipo ahora tienen el control y lo único que puedo hacer es salida pronto de Rusia.

Además, aunque Lucas Kent no estuviera relacionado con el traficante de armas que acaba de convertirse en el enemigo de Ucrania, no hay lugar en mi vida para romance de ningún tipo. Si Kent está vivo o muerto no debería importarme, porque sea como sea no volveré a verlo.

La llegada del tren me saca de mis oscuras reflexiones. La gente a mi alrededor avanza, se abre paso por el atestado tren y me apresuro para asegurarme de entrar antes de que se cierren las puertas.

Afortunadamente, lo hago. Agarrándome a una barandilla, me meto en un espacio entre dos mujeres de mediana edad e intento con todas mis fuerzas ignorar la mirada lasciva de un anciano sentado frente a mí. Un par de horas más y no tendré que aguantar el sistema de metro de Moscú.

Voy a ir a Kiev, mi hogar.

Cierro los ojos y trato de centrarme en eso, en volver a casa. En estar cerca de Misha, aunque no pueda verlo en persona.

Mi hermanito tiene catorce años. He visto sus fotos; es un adolescente guapo con los ojos azules, brillantes y traviesos. Siempre está riendo en todas las fotos y sale con sus amigos y sus amigas. Obenko dice que es social. Extrovertido.

Feliz con la vida que le han dado.

Cada vez que recibo una de esas imágenes, la miro durante horas, preguntándome si me recuerda. Si me reconocería al abordarlo en la calle. Es poco probable, solo tenía tres años cuando lo adoptaron, pero me gustaría pensar que me reconocería. Que recordaría cómo lo cuidé durante ese año cruel en el orfanato.

Un anuncio chirriante interrumpe mis reflexiones. Al abrir los ojos, me doy cuenta de que el tren va cada vez más lento.

—Pedimos disculpas por la demora —repite el conductor en voz alta cuando el tren se detiene por completo—. El problema estará resuelto en breve.

Los pasajeros de mi alrededor se quejan al unísono. La mujer que tengo a mi izquierda comienza a maldecir, mientras que la de la derecha murmura algo de los funcionarios corruptos que se embolsan fondos públicos en lugar de arreglar las cosas. No es el primer retraso en lo que va de mes; las temperaturas extremas de este invierno han afectado tanto a las carreteras como a las vías del metro, lo que ha agravado la pesadilla que se vive en Moscú en hora punta.

Reprimo un suspiro de impaciencia y miro el móvil. Como esperaba, tengo cero barras. Las paredes gruesas del túnel bloquean la cobertura del teléfono, por lo que no puedo avisar a los controladores de mi demora.

Estupendo. De puta madre.

Guardo el teléfono, tratando de no sucumbir a la frustración. Con un poco de suerte, este problema se solucionará con un poco de soldadura y listos; espero que no sea nada serio. El mes pasado, una tubería estalló y provocó demoras en el metro de tres horas o más. Si se trata de algo similar, es posible que no llegue a mi destino hasta esta tarde.

En contra de mi voluntad, mis pensamientos vuelven a Lucas. A última hora de la tarde, su avión probablemente sobrevolará el espacio aéreo uzbeko. Incluso podría estar muerto para entonces. Se me revuelve el estómago mientras imagino su cuerpo hecho pedazos, destrozado por la explosión y el choque.

Basta ya, Yulia. La agitación en mi estómago se intensifica y me doy cuenta, aliviada, de que se me ha olvidado desayunar esta mañana. Tenía tanta prisa por hacer la maleta y ponerme en marcha que no le di ni un bocado a una manzana.

No me extraña que me sienta mal. No tiene nada que ver con Kent; tengo hambre y punto.

Sí, eso es, me digo a mí misma: solo es hambre. Cuando el tren empiece a moverse y llegue a mi destino, comeré algo y todo irá bien.

Estaré a salvo en Kiev y no pensaré en Lucas Kent nunca más.

7

ucas

CUANDO LLEGO AL AVIÓN, EL EQUIPO ENTERO, incluyendo a Esguerra, ya ha embarcado y va vestido con el uniforme de combate. Los trajes son a prueba de balas e ignífugos, lo que los hace excesivamente caros. Agradezco que Esguerra insista en que nos los pongamos para cada misión; ayudan a minimizar las bajas entre nuestros hombres.

Soy el último en embarcar y, como piloto el avión, en cuanto me visto, salimos hacia Tayikistán, donde la organización terrorista Al-Quadar tiene su última fortaleza. Esguerra la descubrió hace poco y, desde que los gilipollas le jodieron secuestrando a su mujer hace unos meses, está decidido a borrarlos del mapa. Los rusos nos garantizan un paso seguro (de eso trató la reunión con Buschekov), así que espero que no haya problemas. De todos modos, vigilo el radar a medida que nos alejamos de Moscú y nos acercamos a Asia Central.

En esta parte del mundo, nunca se es lo suficientemente cauto.

Una vez alcanzada la altitud de crucero, pongo el piloto automático del avión y compruebo todas mis armas, desmontándolas para limpiarlas antes de volver a unirlas. Es una de las primeras cosas que aprendí en la Marina: asegúrate de que tus armas estén listas antes de cada combate. El equipo de Esguerra es excelente y nunca me ha fallado, pero siempre hay una primera vez.

Satisfecho de que todo está en orden, guardo las armas y miro otra vez al radar.

Nada fuera de lo normal.

Apoyándome en el respaldo del asiento, estiro las piernas. Ya puedo sentirlo: el subidón de adrenalina, el zumbido de la emoción en lo más profundo de mis venas.

La expectación que me fascina antes de cada batalla.

Mi mente y mi cuerpo ya están preparados, a pesar de que todavía nos quedan unas cuantas horas antes de llegar a nuestro destino.

Esto es para lo que he nacido, lo que me encanta hacer. Llevo la lucha en la sangre. Es por lo que me alisté en la Marina justo al salir del instituto y por lo que no podía soportar la idea de seguir el camino que mis padres tenían pensado para mí. La universidad, la facultad de Derecho, unirme al prestigioso bufete de mi abuelo... No me imaginaba haciendo ninguna de esas cosas. Me hubiera ahogado en esa vida, asfixiado hasta morir en aburridas y selectas salas de conferencias de Manhattan.

Mi familia no lo entendía, obviamente. Para ellos, el derecho de sociedades, el dinero y el prestigio que eso trae consigo son la cumbre del éxito. No podían entender por qué quería hacer algo distinto, por qué quería ser algo diferente a su niño bonito.

—Si no quieres hacer Derecho, puedes probar en la facultad de Medicina —dijo mi padre cuando le conté mis intereses en primero de bachillerato—. O, si no quieres estudiar durante tanto tiempo, puedes meterte en un banco de inversiones. Puedo conseguirte un periodo de prácticas en Goldman Sachs este verano, quedaría muy bien en tu solicitud para Princeton.

No acepté su oferta. En ese momento no sabía a dónde pertenecía, pero sabía que no era a Goldman Sachs, ni a Princeton ni al instituto por el que mis padres habían pagado un dineral para que fuera. Yo no era como mis compañeros de clase. Era demasiado inquieto, lleno de energía acumulada. Practicaba todos los deportes, tomé clases de todas las artes marciales que encontré, pero no era suficiente.

Algo faltaba.

Descubrí lo que ese algo era una noche durante mi último año, cuando estaba llegando borracho a casa de una fiesta en Brooklyn. En una estación de metro vacía me atacó un grupo de matones que esperaban obtener algo de dinero fácil de un niño pijo de Upper East Side. Iban armados con navajas y yo no llevaba nada, pero estaba demasiado borracho como para que me importara. Todo el entrenamiento que recibí en aquellas clases de artes marciales empezó a hacer efecto, y me encontré en la primera batalla real de mi vida.

Una batalla en la que acabé apuñalando a un hombre y viendo su sangre derramarse por mis manos.

Una batalla en la que conocí el alcance de la violencia que había en mí.

ESTAMOS SOBREVOLANDO UZBEKISTÁN, A UNOS CIENTO sesenta kilómetros de nuestro destino, cuando Esguerra entra en la cabina del piloto.

Al oír abrirse la puerta, me doy la vuelta para verle.

—Llegaremos en aproximadamente una hora y media —digo adelantándome a su pregunta—. La pista de aterrizaje está helada, la están descongelando ahora. Los helicópteros ya tienen el depósito lleno y están listos para salir.

Necesitamos que esos helicópteros lleguen a la cordillera del Pamir, donde creemos que puede estar el escondite de los terroristas.

—Excelente —dice Esguerra, con un brillo en sus ojos azules—. ¿Hay alguna actividad inusual en esa zona?

Niego con la cabeza.

—No, todo está tranquilo.

—Bien. —Entra en la cabina y se sienta en el asiento del copiloto—. ¿Cómo te fue con la chica rusa anoche? —me pregunta abrochándose el cinturón.

Siento una fugaz punzada de celos, pero después recuerdo lo receptiva que estuvo Yulia conmigo durante toda la noche.

—Bastante bien —digo mientras sonrío al recordar las imágenes que llenan mi mente—. Te lo perdiste.

—Sí, seguro —dice, pero puedo notar que no lo siente en absoluto. Este hombre está obsesionado con su joven esposa. Tengo la impresión de que si la mujer más guapa del mundo desfilara desnuda delante de él, ni siquiera parpadearía. A Esguerra le han echado el lazo, nada más y nada menos que una chica a la que ha mantenido presa.

La idea me hace sonreír.

—Tengo que decir que nunca pensé que te vería como un hombre felizmente casado —le comento, divertido.

Esguerra arquea las cejas.

—¿En serio?

Me encojo de hombros mientras mi sonrisa desaparece. No soy muy amigo de mi jefe. Nunca he pensado que Esguerra sea especialmente amigable, pero, por alguna razón, hoy parece más accesible.

O tal vez estoy de buen humor gracias a la preciosa intérprete.

—Claro —le digo—. Generalmente a la gente como nosotros no se nos considera buenos maridos.

De hecho, no conozco a dos personas menos apropiadas para la vida doméstica.

Esguerra se ríe por lo bajo.

—Bueno, no sé si, estrictamente hablando, Nora me considera «buen marido».

—Pues si no lo hace, debería. —Me giro hacia los mandos—. No la engañas, la cuidas y has arriesgado tu vida por salvarla. Si eso no es ser un buen marido, entonces no sé qué es. —Mientras hablo, me doy cuenta de que hay un parpadeo en la pantalla del radar.

Lo miro de cerca frunciendo el ceño.

—¿Qué es eso? —El tono de Esguerra se vuelve serio.

—No estoy seguro —empiezo a decir y, en ese momento, un violento golpe sacude el avión y casi me tira del asiento. El avión se inclina bruscamente y la adrenalina explota en mis venas a medida que oigo los frenéticos pitidos de los mandos, que se han vuelto locos.

«Nos han dado».

La idea aparece clara como el cristal en mi mente.

Sujetando los mandos, intento poner recto el avión mientras nos adentramos en una espesa capa de nubes. Mis latidos van como un cohete, puedo oír las palpitaciones en los oídos.

—Mierda, joder, mierda, mierda, puta mierda.

—¿Qué nos ha golpeado? —Esguerra parece tranquilo, casi desinteresado. Puedo oír los motores rechinando y chisporroteando y me llega olor a humo, junto con el sonido de los gritos.

Estamos ardiendo.

«Hostia puta».

—No estoy seguro —consigo decir. El avión está cayendo en picado y no puedo enderezarlo más de un segundo—. ¿Eso qué coño importa?

El avión tiembla y los motores emiten un espantoso chisporroteo a medida que nos dirigimos directamente contra el suelo. Las cimas de la cordillera del Pamir ya se ven en la distancia, pero estamos demasiado lejos para llegar hasta allí.

Nos vamos a estrellar antes de alcanzar nuestro objetivo.

«Joder, no». No estoy listo para morir.

Maldigo y sigo peleándome con los mandos, haciendo caso omiso de las señales que me informan de la inutilidad de mis esfuerzos. El avión se estabiliza bajo mi control y los motores funcionan por un momento, pero volvemos a caer en picado otra vez. Repito la maniobra recurriendo a todos los años de experiencia como piloto, pero aun así sigue siendo inútil.

Lo único que consigo hacer es frenar el descenso por unos segundos.

Dicen que la vida pasa por delante de tus ojos antes de morir. Dicen que piensas en todas las cosas que podrías haber hecho de manera diferente, todas las cosas que no has tenido la oportunidad de hacer.

No pienso en nada de eso.

Estoy demasiado ocupado intentando sobrevivir todo cuanto pueda.

Esguerra está a mi lado en silencio y sus manos se agarran al borde del asiento mientras el suelo se aproxima a nosotros a toda velocidad. Los objetos pequeños empiezan a parecer cada vez más grandes. Puedo distinguir los árboles del bosque sobre el que estamos volando y, después, veo cada una de las ramas sin hojas y cubiertas de nieve.

Estamos cerca, muy cerca, y hago un último intento de pilotar el avión, dirigiéndolo hacia un grupo de pequeños árboles y arbustos a unos noventa metros de distancia.

Y, después, allí estamos, estrellándonos contra los árboles con una fuerza devastadora.

Curiosamente, mi último pensamiento es ella, la chica rusa a la que no volveré a ver.

II

LA CAPTURA

8

ulia

SIETE HORAS Y MEDIA.

El tren se ha quedado parado en ese túnel durante siete horas y media. El alivio que siento cuando al fin se abren las puertas en la siguiente parada es muy grande. De hecho, me hace temblar.

O puede que tiemble de hambre y sed. Es imposible averiguarlo.

Salgo del dichoso tren, me abro paso a través de una manada de cansados y estresados trabajadores y me subo a la escalera mecánica. Necesito llamar a Obenko inmediatamente; mis jefes deben estar enfadados y preocupados.

—¿Yulia? ¿Qué cojones? —Como esperaba, Obenko está furioso—. ¿Dónde estás?

—En Rizhskaya —le nombro una estación a unas veinte paradas de mi destino—. Estaba en la línea Kaluzhsko-Rizhskaya.

—Ah, joder. Te has quedado atascada por culpa de ese idiota.

—Sí. —Me apoyo en una pared helada al final de la escalera mientras la gente pasa a toda velocidad por mi lado. Según las últimas noticias del conductor del tren, el motivo del retraso ha sido una toma de rehenes dos trenes por delante de nosotros. Un ciudadano checheno tuvo la brillante idea de atarse una bomba casera y amenazar con explotarla si no se hacía lo que pedía. La policía consiguió reducirlo, pero les llevó horas hacerlo sin incidentes. Considerando la seriedad de la situación, es un milagro que hayamos podido bajar del tren antes de que cayera la noche.

—Vale. —Obenko parece un poco más calmado—. Llevaré al equipo al punto de recogida. ¿Vuelven a circular los trenes?

—Los de la línea de Kaluzhsko-Rizskaya, no. Dicen que volverán a funcionar esta noche. Voy a tener que coger un taxi. —Me apoyo en el otro pie mientras la vejiga me recuerda que han pasado horas desde la última vez que fui al baño. Necesito ir y comer con extrema urgencia, pero primero, hay algo que debo saber.

—Vasiliy Ivanovich —digo con indecisión,

dirigiéndome a mi jefe por su nombre completo y patronímico—, ¿salió bien la operación?

—El avión fue derribado hace una hora.

Se me doblan las rodillas, y, por un momento, la estación se desenfoca. Si no fuera por la pared en la que estoy apoyada, me hubiera caído.

—¿Ha habido supervivientes? —Mi voz suena ahogada, y tengo que aclararme la garganta antes de seguir—. Quiero decir, ¿estás seguro de que el objetivo ha sido eliminado?

—No hemos recibido el informe de bajas todavía, pero no creo que Esguerra haya sobrevivido.

—Ah, bien. —La bilis me sube por la garganta y siento que voy a vomitar. Me cuesta tragar, pero consigo decir—: Tengo que irme a buscar un taxi.

—Vale. Mantennos informados si hay algún problema.

—Lo haré. —Pulso el botón para colgar y apoyo la cabeza en la pared, tomando una bocanada de aire fresco. Estoy mareada, el estómago se me agita por la acidez y el vacío. Tengo el metabolismo rápido y nunca he manejado bien el hambre, pero no recuerdo un sentimiento así de fuerte por la falta de comida.

«Ojos azul claro en blanco y ciegos. Sangre que corre por una mandíbula dura y cuadrada...».

«No, para». Me obligo a enderezarme y a separarme de la pared. No voy a permitirme pensar en eso. Sólo tengo hambre, sed y estoy cansada. Cuando acabe con estos problemas, todo volverá a estar bien.

Tiene que estarlo.

ANTES DE INTENTAR COGER UN TAXI, VOY A UNA pequeña cafetería que está al lado de la estación y uso su baño. También me pido una taza de té caliente y devoro tres *pirozhki* rellenos de carne, unos pequeños pasteles salados. Después, sintiéndome mucho más humana, salgo para ver si puedo encontrar un taxi.

Las calles de alrededor de la estación son una pesadilla. El tráfico parece estar completamente paralizado y todos los taxis parecen estar ocupados. No me sorprende, sabiendo lo que ha pasado con los trenes, pero aun así es muy molesto.

Empiezo a andar rápidamente con la esperanza de que pueda llegar a pie a un sitio con menos tráfico. No tiene sentido coger un coche para moverme solo dos manzanas en dos horas. Ahora que el avión ha sido derribado, tengo que llegar hasta mis jefes lo más rápido posible.

«El avión». Contengo la respiración cuando las nauseabundas imágenes invaden mi mente otra vez. No sé por qué no puedo dejar de pensar en esto. He tratado con Lucas durante menos de veinticuatro horas, y he pasado la mayor parte del tiempo temiéndole.

Y el resto de ese tiempo gritando de placer entre sus brazos, me recuerda una pequeña voz.

«No, para».

Aumento la velocidad zigzagueando entre los peatones que se mueven lentamente. «No pienses en él, no pienses en él...». Dejo que las palabras se repitan en mi cabeza al compás de mis pasos. «Vuelves a casa, a Misha...». Cojo un poco más de velocidad y esta vez estoy casi corriendo. Ir así de rápido no solo me permite llegar antes a mi destino, sino que también me mantiene caliente. «No pienses en él, vuelves a casa...».

No sé cuánto tiempo ando así, pero cuando las luces de las farolas se encienden, me doy cuenta de que ya está oscureciendo. Miro el teléfono y veo que son casi las seis de la tarde.

He estado andando durante dos horas y media, y el tráfico está tan mal como antes.

Me paro y miro frustrada a mi alrededor. He estado andado durante horas por grandes avenidas para incrementar las posibilidades de coger un taxi, pero parece que ha sido una estrategia fallida. Quizás tengo que alejarme de las zonas principales de tráfico y probar suerte por calles más pequeñas. Si encuentro un coche allí, a lo mejor el conductor puede llevarme fuera de la ciudad por otros caminos. Le pagaré lo que me pida.

Girando por una de las calles perpendiculares, veo un parque a una manzana de distancia. Decido que voy a atajar cruzándolo diagonalmente y, después, iré por una de las calles más pequeñas que hay al otro lado. Sigo moviéndome en la dirección correcta, pero estaré lejos de la zona más concurrida. Quizá encuentre un autobús allí, si no encuentro un taxi.

Tiene que haber alguna manera de que pueda llegar a mi destino en las próximas horas.

Me vibra el teléfono en el bolso y lo cojo.

—¿Sí?

—¿Dónde estás? —Obenko parece tan frustrado como yo—. El jefe del equipo se está poniendo nervioso. Quiere haber cruzado la frontera para cuando el Kremlin sepa lo que ha pasado.

—Todavía estoy en la ciudad, sigo andando. El tráfico está imposible. —La nieve cruje bajo mis pies cuando entro en el parque. No se han molestado en limpiarla, así que todos los caminos están cubiertos por una espesa capa helada.

—Joder.

—Pues sí. —Intento no resbalarme con el hielo cuando esquivo una mierda de perro—. Estoy haciendo todo lo que puedo para llegar esta noche, lo prometo.

—Vale. Yulia... —Obenko se para por un momento —. Sabes que vamos a tener que retirar el equipo si no llegas antes de mañana, ¿no? —dice en voz baja, casi arrepentido.

—Lo sé. —Mantengo un tono calmado—. Allí estaré.

—Bien. Procura que sea así.

Cuelga y ando más rápido a causa de una ansiedad creciente. Si el equipo se va sin mí y me cogen, estoy muerta. El Kremlin no es conocido por ser amable con sus espías y el hecho de que nuestra agencia no aparezca en los libros, hace que este asunto sea diez veces peor. El gobierno ucraniano no negociará para que me devuelvan porque no tienen ni idea de que existo.

Casi he salido del parque cuando oigo las carcajadas de un hombre borracho y la nieve cruje bajo sus zapatos.

Echando un vistazo detrás de mí, veo, a unos cien metros, a un pequeño grupo de hombres, agarrando unas botellas con las manos enguantadas. Van haciendo eses por la acera, pero su atención está, sin lugar a duda, puesta en mí.

—¡Eh, jovencita! —me grita uno de ellos arrastrando las palabras—. ¿Quieres venirte de fiesta con nosotros?

Desvío la mirada y empiezo a andar más rápido si cabe. Sólo están borrachos, pero incluso los borrachos pueden ser peligrosos cuando son seis contra una. No les tengo miedo, tengo una pistola y me han entrenado, pero no necesito más problemas esta noche.

—¡Jovencita! —vuelve a gritar, esta vez más fuerte —. Eres una maleducada, ¿sabes?

Sus amigos se ríen como una manada de hienas, y el borracho grita de nuevo:

—¡Que te jodan, zorra! ¡Si no quieres venir de fiesta, simplemente dilo, joder!

Les ignoro y sigo mi camino, metiendo la mano izquierda en el bolso para tocar la pistola, por si acaso. Cuando salgo del parque y entro en la calle, el sonido de sus voces se disipa, y me doy cuenta de que ya no me siguen.

Aliviada, saco la mano del bolso y sigo por la calle a un ritmo ligeramente más lento. Me duelen las piernas y siento que se me está formando una ampolla a un lado del talón. Las botas planas son mucho más cómodas que unos tacones, pero no están hechas para andar durante tres horas a un ritmo rápido.

Ahora me encuentro en una zona más residencial, lo que es bueno y malo a la vez. Aquí no hay tanto tráfico, solo pasan unos cuantos coches por la calle, pero hay pocas farolas y esta zona está casi desierta. Vuelvo a escuchar la risa de un hombre a lo lejos y me obligo a ir más rápido, ignorando la incomodidad de los músculos cansados.

Ando unas cinco manzanas antes de verlo: un taxi parado al lado de la acera a unos cincuenta metros. Un hombre bajito y delgado se está bajando. Aliviada, grito:

—¡Espera!

Corro hacia el coche justo cuando empieza a cerrar la puerta.

Estoy casi al lado del taxi cuando, de reojo, veo unas luces y escucho el rugir de un motor.

En una fracción de segundo, me tiro hacia un lado, cayendo al suelo cuando un coche pasa cerca de mí.

Mientras ruedo por el asfalto helado, escucho al conductor riéndose a carcajadas con tono borracho y, después, algo duro me golpea en un lado de la cabeza.

Mi último pensamiento mientras el mundo se vuelve negro es que, a fin de cuentas, debería haber disparado a aquellos borrachos.

9

ucas

«Voces. Pitidos a lo lejos. Más voces».

Los sonidos van y vienen, como lo hace el zumbido de mis oídos. Siento la cabeza pesada y espesa y el dolor me envuelve como una manta de pinchos.

«Vivo. Estoy vivo».

La idea se cuela en mi interior lentamente, por etapas. Junta a ella vienen unas afiladas punzadas en el cráneo y ganas de vomitar.

¿Dónde estoy? ¿Qué ha pasado?

Intento descifrar las voces.

Son dos mujeres y un hombre, a juzgar por los diferentes tonos. Están hablando en otro idioma, uno que no reconozco.

Las ganas de vomitar se intensifican, así como las punzadas en la cabeza. Utilizo todas mis fuerzas para abrir los ojos.

Sobre mí parpadea un fluorescente con un brillo agonizante. Incapaz de soportarlo, cierro los ojos.

Una voz de mujer grita algo, y escucho pasos rápidos.

Una mano me toca la cara, los dedos de algún extraño me rozan los párpados. Una luz radiante brilla otra vez ante mis ojos y me pongo tenso. Aprieto las manos mientras el dolor me ataca de nuevo. Instintivamente quiero luchar, atacar a quien sea, pero algo me impide mover los brazos.

—Ten cuidado. —El hombre habla inglés, pero con acento extranjero—. La enfermera te está explorando.

La mano se aleja de mi cara, y me obligo a mantener los ojos abiertos a pesar del dolor de cabeza. Todo parece borroso, pero, después de parpadear un par de veces, soy capaz de enfocar al hombre que está al lado de la cama.

Vestido con un uniforme de oficial militar, parece tener unos cincuenta años, con una cara delgada y angulosa. Ve que lo miro y dice:

—Soy el coronel Sharipov. ¿Puedes decirme cómo te llamas, por favor?

—¿Dónde estoy? ¿Qué ha pasado? —pregunto con voz ronca, intentando mover los brazos una vez más. No puedo, y me doy cuenta de que estoy retenido, esposado a la cama. Cuando intento mover las piernas, lo consigo con la derecha, pero no con la izquierda.

Hay algo grande y pesado que impide que la mueva y tirar de ella hace que sisee de dolor.

—Estás en un hospital en Tashkent —dice Sharipov contestando a mi primera pregunta—. Te has roto una pierna y tienes un traumatismo craneoencefálico grave. Te recomendaría que no te movieses.

Tashkent. Eso quiere decir que estoy en Uzbekistán, el país que hace frontera con nuestro destino, Tayikistán. A medida que lo proceso, la niebla de mi mente se disipa y voy recordando lo que pasó.

Los gritos. El olor a humo.

La colisión.

«Joder».

—¿Dónde están los demás? —Enfadado de golpe, forcejeo con las ataduras de las muñecas—. ¿Esguerra y el resto?

—Te lo digo en un momento —dice Sharipov—. Primero, tengo que saber tu nombre.

La punzante agonía de la cabeza no me deja pensar.

—Lucas Kent —digo a regañadientes. No tiene sentido mentir. No parece que Sharipov se haya sorprendido cuando he mencionado a Esguerra, lo que significa que tiene alguna idea sobre quiénes somos—. Soy la mano derecha de Esguerra.

Sharipov me estudia.

—Ya veo. En ese caso, señor Kent, estará encantado de saber que Julian Esguerra ha sobrevivido y que también está aquí, en el hospital. Se ha roto un brazo, unas costillas y tiene una herida en la cabeza, que no parece ser demasiado seria. Estamos esperando a que recupere la consciencia.

Parece que me va a explotar la cabeza, pero soy consciente de que siento un atisbo de alivio. El tío es un asesino amoral, algunos podrían decir que es un psicópata, pero he llegado a conocerle con los años y le respeto. Sería una pena que hubiera muerto por culpa de un misil desviado. Lo que me recuerda:

—¿Qué coño ha pasado? ¿Por qué estoy retenido?

El coronel me mira incesantemente.

—Estás retenido por tu propia seguridad y por la de las enfermeras, Kent. Vuestro trabajo es el que es y no queríamos poner en riesgo al personal. Es un hospital de civiles y...

—Me cago en la puta. —Aprieto los dientes—. Prometo no hacer daño a las enfermeras, ¿vale? Quitadme las putas esposas. Ahora.

Nos miramos sin parpadear unos segundos. Después, Sharipov hace un gesto breve y seco con la cabeza y le dice algo a una de las enfermeras en un idioma extranjero. Una mujer con el pelo oscuro viene y abre las esposas, mirándome de forma cautelosa todo el tiempo. La ignoro, manteniendo la atención en Sharipov.

—¿Qué ha pasado? —repito, ahora en un tono más calmado, juntando las manos para frotarme las muñecas mientras la enfermera se escabulle al otro lado de la sala. El dolor punzante de cabeza empeora con el movimiento, pero sigo preguntando—: ¿Quién disparó al avión, y qué les pasó a los otros hombres?

—Me temo que la causa del accidente está siendo investigada ahora mismo —dice Sharipov. Parece un poco incómodo—. Puede que haya habido un error de... comunicación.

—¿Un error de comunicación? —Le dedico una mirada incrédula— ¿Nos habéis disparado? Sabíais que teníais que garantizarnos una entrada segura, ¿no?

—Claro. —Parece incluso más incómodo—. Por eso estamos investigando la situación ahora mismo. Es imposible que haya habido un error.

—¿Un error? —«Los gritos, el humo»—. ¿Un puto error? —Parece que un batería se ha ido a vivir a mi cerebro—. ¿Dónde coño están los otros?

Sharipov se encoge de miedo casi imperceptiblemente.

—Me temo que solo hay tres supervivientes aparte de ti y de Esguerra. Todavía están inconscientes. Espero que puedas ayudarnos a identificarlos. —Saca un teléfono del bolsillo del pecho y me enseña la pantalla—. Este es el primero.

Se me forma un nudo en el estómago. Conozco al hombre de la foto.

John "el Hombre de Arena" Sanders, un expresidiario británico. Hábil con los cuchillos y las granadas. He entrenado y jugado al billar con él. Era divertido incluso cuando estaba borracho.

Puede que ya no vuelva a ser divertido, no con la mitad de la cara achicharrada.

—El avión explotó —dice Sharipov, probablemente en respuesta a mi expresión—. Tiene quemaduras de tercer grado por la mayor parte del cuerpo. Va a necesitar grandes injertos de piel, si sobrevive. ¿Sabes cómo se llama?

—John Sanders —digo con voz ronca, incorporándome para coger el teléfono. Me duele el cuerpo al moverme y la sien me palpita con un dolor nauseabundo otra vez, pero tengo que ver a los demás. Acercándome el teléfono, paso a la siguiente foto.

Esta cara es casi irreconocible, excepto por la cicatriz en la esquina del ojo izquierdo. Es un recluta reciente, dudé en traerlo a esta misión.

—Jorge Suarez —digo secamente, antes de pasar a la siguiente imagen.

Esta vez ni siquiera puedo hacer una suposición. Lo único que veo es carne quemada.

—¿Sigue vivo? —Miro a Sharipov. Puedo sentir cómo el nudo del estómago empeora, y sé que es en parte por el traumatismo.

El coronel asiente.

—Está en estado crítico, pero puede que se recupere. Si miras la siguiente imagen, verás la parte inferior de su cuerpo. No está tan quemado.

Luchando contra las náuseas, hago lo que me dice y estudio las piernas peludas cubiertas con tiras del traje de protección rasgado. La explosión ha debido atravesar el equipo de protección; el material está diseñado para soportar una pequeña exposición al fuego, no para la explosión de un avión. Es difícil decir quién es este hombre solo por las piernas. A menos...

Entrecierro los ojos, miro más de cerca la imagen y lo veo.

Un tatuaje de un pájaro debajo de una de las tiras del traje de protección.

—Gerard Montreau —digo con certeza. El joven francés es el único que tiene tatuajes en el equipo.

Bajando el teléfono al pecho, miro a Sharipov.

—¿Por qué no me he quemado? ¿Cómo escapé de la explosión? ¿Y Esguerra? ¿Está...?

—No, está bien —me asegura Sharipov—. O, al menos, no tiene quemaduras. Vosotros dos estabais en la cabina del piloto, que se separó del cuerpo del avión durante la colisión. La parte trasera del avión explotó, pero el fuego no os alcanzó.

El dolor punzante de la cabeza se hace insoportable y cierro los ojos tratando de procesarlo todo.

Cinco hombres de cincuenta. Es todo lo que queda de nuestro grupo. El resto ha muerto. Quemados o reventados en pedacitos. Puedo imaginar su miedo a medida que el fuego envolvía la parte trasera del avión. El hecho de que haya supervivientes no es nada más que un milagro, solo que los tres hombres de las fotografías no lo verán así.

«Un error». Vaya puta trola.

Voy a llegar al fondo de esto, pero primero, tengo que hacer mi trabajo.

Obligándome a volver a abrir los ojos, miro de soslayo a Sharipov, que está cogiendo con cuidado el teléfono que todavía sostengo. ¿Qué coño piensa este hombre que voy a hacer? ¿Estrangularle mientras estoy tumbado e incapacitado en un hospital?

No lo haré, salvo que me entere de que él es el responsable de este «error».

—Tienes que ponerle guardaespaldas a Esguerra —le digo, agarrando con más fuerza el teléfono—. No está a salvo.

El coronel frunce el ceño.

—¿Qué quieres decir? El hospital es seguro.

—Tiene muchos enemigos, incluyendo a Al-Quadar, el grupo terrorista cuya fortaleza está justo pasando vuestra frontera. Tenéis que organizar la protección y lo tenéis que hacer ya.

Sharipov sigue dudando, así que añado:

—Vuestros aliados del Kremlin no estarán contentos si muere o lo secuestran mientras está bajo vuestra custodia. Especialmente después de este desafortunado «error».

La boca de Sharipov se tensa, pero, después de un momento, dice:

—Vale. Traeré a unos pocos soldados. Se asegurarán de que nadie que no esté autorizado se acerque a tu jefe.

—Bien. Utiliza más de unos pocos. Cuarenta o cincuenta estarían bien. Estos terroristas le tienen ganas. —La cabeza me está martirizando y la pierna escayolada me empieza a doler como solo puede hacerlo un hueso roto—. Además, tienes que ponerme en contacto con Peter Sokolov.

—Ya hemos hablado con él. Sabe dónde estáis, y ha

enviado un avión para rescataros a ti y a los demás. Ahora, por favor... —Sharipov extiende la mano—. Devuélveme el teléfono, Kent.

Abro la boca para insistir en hablar con Peter yo mismo, pero antes de que pueda decir una palabra, siento algo afilado que me pincha en el brazo. De inmediato, una fuerte laxitud se extiende por mi cuerpo, aliviando el dolor. De reojo, veo a una enfermera dando un paso atrás, sujetando una jeringuilla.

—¿Qué coño...? —empiezo a decir, pero es demasiado tarde.

La oscuridad se apodera de mí, y ya no soy consciente de nada.

10

ulia

—Te lo dije, estoy bien.

Ignorando los reproches de la enfermera, me quito la aguja de la vía intravenosa de la muñeca y me levanto. Estoy mareada y me duele la cabeza, pero necesito ponerme en marcha. A juzgar por la luz del sol que entra por la ventana del hospital, debe ser por la mañana o quizás más tarde. Es probable que el equipo de exfiltración ya se haya ido, pero, por si acaso no fuera así, necesito ponerme en contacto con Obenko de inmediato.

—¿Dónde está mi bolso? —le pregunto a la enfermera, escudriñando desesperadamente la habitación—. Necesito el bolso.

—Lo que necesitas es acostarte —La enfermera pelirroja da un paso hacia mí, cruzando los brazos sobre los enormes pechos—. Tienes un bulto del tamaño de un huevo en la cabeza debido al choque contra el poste y has estado inconsciente desde que te trajeron anoche. El doctor dijo que debemos monitorizarte durante las próximas 24 horas.

La miro fijamente. Siento como si la cabeza se me estuviera abriendo por los puntos, pero quedarme aquí significa firmar mi sentencia de muerte.

—¿Dónde está mi bolso? —repito.

Me siento incómoda al darme cuenta de que solo llevo puesta una bata de hospital, pero ya me preocuparé por la ropa y el maldito dolor de cabeza más tarde.

La mujer pone los ojos en blanco.

—Oh, por el amor de Dios. Si te traigo el bolso, ¿te tumbarás y te comportarás?

—Sí —miento y observo cómo camina hacia un armario al otro lado de la habitación. Abre la puerta, saca el bolso de Gucci y vuelve.

—Aquí tienes. —Me tira el bolso a las manos—. Ahora acuéstate antes de que te caigas.

Hago lo que dice, pero solo porque necesito conservar las fuerzas para el viaje que me espera. Han pasado menos de diez minutos desde que me desperté y estoy temblando por el esfuerzo de estar de pie. Seguramente necesite estar bajo observación médica, pero no hay tiempo para eso.

Tengo que irme de Moscú antes de que sea demasiado tarde.

La enfermera empieza a cambiar las sábanas de una cama vacía que hay junto a la mía mientras saco el teléfono para llamar a Obenko.

Suena y suena y suena…

«¡Mierda!» No contesta.

Lo intento de nuevo. «Vamos, vamos, contesta».

Nada. No responde.

Cada vez más desesperada, intento llamarle por tercera vez.

—¿Yulia?

«Gracias a Dios».

—Sí, soy yo. Estoy en un hospital en Moscú. Casi me atropella un coche. Es una larga historia. Pero salgo ahora y…

—Es demasiado tarde, Yulia —dice Obenko con voz tranquila—. El Kremlin sabe lo que pasó y la gente de Buschekov te está buscando.

Un escalofrío helado se me recorre el cuerpo.

—¿Tan rápido?

—Uno de los agentes de Esguerra tiene buenos contactos con Moscú. Los movilizó en cuanto se enteró de lo del misil.

—¡Mierda!

La enfermera me mira con mala cara mientras amontona las sábanas en una pila enorme sobre la cama vacía.

—Lo siento —dice Obenko, y sé que lo dice en serio —. El jefe del equipo tuvo que retirar a su gente. Rusia no es segura para ninguno de nosotros en este momento.

—Por supuesto —respondo automáticamente—. Hizo lo correcto.

—Buena suerte, Yulia —dice Obenko. Y oigo el clic cuando corta la llamada.

Estoy sola en esto.

ESPERO A QUE LA ENFERMERA SE VAYA CON EL MONTÓN de sábanas y, luego, me levanto de nuevo, esta vez sin ninguna intromisión.

El pánico que se apodera de mí es más fuerte que cualquier analgésico. Apenas soy consciente del dolor de cabeza mientras camino hacia el armario donde estaba el bolso y miro dentro.

Tal y como esperaba, mi ropa también está allí, bien doblada. Echo un vistazo rápido a la entrada de la habitación para verificar que la puerta está cerrada; luego, me quito la bata del hospital y me pongo la ropa que llevaba antes. Al hacerlo, me doy cuenta de que el bulto en la cabeza no es mi única lesión. Tengo todo el lado derecho del cuerpo magullado y rasguños por todas partes.

Ese estúpido borracho. Debí haberles disparado a él y a las hienas de sus amigos cuando tuve la oportunidad.

«No». Respiro lentamente. La ira no tiene sentido ahora. Es una distracción que no puedo permitirme.

Todavía tengo una pequeña posibilidad de salir de Rusia. No puedo perder la esperanza.

Al menos, no por ahora.

Me recojo el pelo en un moño para que los largos mechones rubios sean menos visibles y, luego, reviso rápidamente el contenido del bolso. Todo está ahí, excepto el dinero que había en la billetera y el arma. Pero eso era de esperar. Tengo suerte de que no me hayan robado hasta el bolso mientras estaba inconsciente. El forro de la parte inferior del bolso tiene cosido algo de dinero de emergencia. Y los ladrones no lo han encontrado, como confirma la falta de rasgaduras en el interior.

Agarrando el bolso con fuerza, camino hacia la puerta y salgo al pasillo. La enfermera no está a la vista y nadie me presta atención al acercarme al ascensor. Bueno, un anciano en silla de ruedas me lanza una mirada afectiva, pero no hay sospecha en su mirada. Sólo está mirando, probablemente reviviendo su juventud.

Las puertas del ascensor se abren con el sonido de una suave campanilla. Entro. Mi corazón late demasiado rápido. A pesar de lo fácil que ha sido mi huida hasta ahora, se me eriza la piel y todos mis instintos me advierten del peligro.

Mi habitación está en el séptimo piso del edificio y la bajada es demasiado lenta. El ascensor se detiene en cada piso, con pacientes y enfermeras entrando y saliendo. Podría haber tomado las escaleras, pero eso hubiera atraído la atención sobre mí innecesariamente. Nadie usa esas escaleras a menos que sea necesario.

Finalmente, las puertas del ascensor se abren en el primer piso. Salgo, rodeada de otras personas y, en ese momento, los veo.

Tres policías entrando en el ascensor al otro lado del pasillo.

«¡Mierda!» Agacho la cabeza y encojo los hombros, tratando de parecer más baja. «No los mires fijamente. No los mires fijamente.» Mantengo la mirada en el suelo y me quedo cerca de un hombre alto y corpulento que ha salido del ascensor delante de mí. Camina despacio y yo también, haciendo todo lo posible para que parezca que estoy con él.

Estarán buscando a una mujer sola, no a una pareja.

Afortunadamente, mi compañero involuntario se dirige a la salida y hay suficiente gente a nuestro alrededor para que no me preste mucha atención. Su gran volumen me proporciona cobijo y lo aprovecho tanto como puedo, manteniendo la postura encorvada.

«Camina más rápido. Vamos, camina más rápido», le ruego al hombre en silencio. Siento tenso cada músculo del cuerpo por las ganas de correr, pero eso destruiría cualquier oportunidad de salir de forma desapercibida de este hospital. Al mismo tiempo, sé que necesito alejarme de aquí cuanto antes. Tan pronto como esos policías se den cuenta de que no estoy en el séptimo piso, pondrán en alerta a todo el hospital.

Finalmente, el hombre y yo llegamos a la salida. Y veo un taxi estacionado al lado de la acera.

«¡Sí!» Me sonríe la suerte.

Dejo al hombre atrás sin volver a mirarlo y me apresuro a subir al taxi justo cuando la mujer de dentro sale.

—A la estación Lubyanka, por favor —le digo al conductor mientras ella cierra la puerta. Lo digo por si la mujer está prestando atención. De esta manera, si la interrogan más tarde, les dirá mi supuesto destino y, con suerte, les despistará un poco sobre mi paradero.

El conductor asiente y se aleja de la acera. Al salir a la carretera, le digo:

—Oh, se me había olvidado. Se supone que tengo que recoger algo en el Hotel Olímpico Azimut de Moscú. ¿Puedes, por favor, dejarme mejor allí?

Se encoge de hombros.

—Claro, sin problemas. Tú pagas, yo te llevo a dónde quieras.

—Gracias.

Me recuesto en el asiento. Estoy demasiado nerviosa para relajarme por completo, pero gran parte de la tensión se desvanece. Estoy a salvo por el momento. He ganado algo de tiempo. Hay un alquiler de coches cerca de ese hotel. Una vez que llegue allí, buscaré un disfraz y conseguiré un coche. Estarán vigilando aeropuertos, trenes y transporte público, pero hay una pequeña posibilidad de que pueda llegar a la frontera ucraniana conduciendo por algunas carreteras menos conocidas.

El viaje parece durar una eternidad. Hay bastante tráfico, pero no tanto como ayer. Aun así, como el conductor frena y acelera cada dos minutos, y el efecto anestésico de la adrenalina está desapareciendo, el dolor de cabeza regresa con toda su fuerza, al igual que el de todos los moretones y rasguños. Para colmo, noto un vacío persistente en el estómago y una sequedad algodonosa en la boca.

Claro, no he comido ni bebido nada desde ayer por la tarde.

Para distraerme de mi desgracia, pienso en Misha, en cómo estaba en la última foto que me envió Obenko. Mi hermanito tenía el brazo alrededor de una chica morena preciosa, su novia actual según Obenko. La chica le sonreía con una adoración que rozaba la admiración. Y él parecía tan orgulloso como solo puede estarlo un adolescente.

«Por ti, Misha». Cierro los ojos para aferrarme a la imagen que tengo en la mente. «Te lo mereces».

—Vaya, esto no es bueno —murmura el conductor. Abro los ojos y veo que los coches se detienen totalmente delante de nosotros—. Me pregunto si habrá habido un accidente o algo. —Baja la ventanilla y asoma la cabeza, mirando a lo lejos.

—¿Es un accidente? —pregunto resignada. Es como si el destino estuviera conspirando para retenerme en Moscú. No basta con que Rusia tenga inviernos tan brutales como para diezmar los ejércitos de sus enemigos, ahora también tiene tráfico para detener a espías.

—No —dice el conductor metiendo la cabeza en el coche—. No lo parece. Quiero decir, hay un montón de coches de policía y todo eso, pero no veo ninguna ambulancia. Debe ser un control, o quizás han detenido a alguien...

Salgo del coche antes de que termine de hablar.

—¡Eh! —grita, pero ya estoy corriendo, abriéndome paso entre los coches parados. Toda la incomodidad que sentía antes se ha esfumado, ahuyentada por una aguda oleada de miedo.

«Un bloqueo policial». De alguna manera, han localizado mi ubicación, o tal vez han cortado todas las carreteras principales con la esperanza de atraparme. De cualquier forma, estoy jodida, a menos que pueda salir de esta ciudad.

El corazón me late un ritmo intermitente mientras corro por la calle, dirigiéndome hacia un callejón estrecho que he visto antes. Tendrán problemas para seguirme en coche y, si tengo suerte, tal vez pueda esquivarlos el tiempo suficiente para encontrar otro taxi.

Cualquier cosa con tal de ganar más tiempo.

Detrás de mí, oigo voces y el sonido de pisadas.

—¡Alto! —grita una voz masculina—. ¡Detente ahora! ¡Estás bajo arresto!

Ignoro la orden y acelero el ritmo. El aire frío me daña los pulmones mientras fuerzo los músculos de las piernas al máximo. El callejón se cierne delante de mí, estrecho y oscuro. Me obligo a seguir corriendo a la misma velocidad, a seguir adelante sin siquiera mirar atrás.

—¡Alto o disparo! —La voz suena más distante,

proporcionándome una pizca de esperanza. Tal vez pueda correr más rápido que él. Siempre he sido veloz, tengo las piernas largas, lo que me da ventaja sobre la gente más baja.

Suena un disparo, la bala pasa cerca de mí y choca con el edificio de delante.

«¡Mierda! Está disparando». No sé por qué me sorprende. La policía de Moscú no es precisamente conocida por preocuparse por los ciudadanos a quienes se supone que deben proteger. Solo es la herramienta de un gobierno corrupto, nada más. No debería extrañarme que arriesgaran la vida de ciudadanos inocentes para atraparme.

Suena otro disparo y la nieve salta del suelo tan solo unos metros por delante de mí. Oigo gritos de terror y veo a la gente buscando como loca refugio en la acera.

Ignorando el tumulto, corro hacia el callejón. Delante, hay dos grandes contenedores de basura y, detrás de ellos, una escalera de incendios, de metal, que asciende por un lado del edificio.

Un tercer disparo y la bala rebota en el contenedor de basura. Por poco me alcanza. El policía, o quien sea que me esté persiguiendo, tiene buena puntería.

Casi estoy en la escalera y salto tan alto como puedo, logrando atrapar el último peldaño con las manos. Entonces, con el impulso del salto, subo las piernas hacia arriba y sujeto la barra de metal con los pies. Enganchando las rodillas a la barra, uso toda mi fuerza para subir lo suficientemente alto como para alcanzar con la mano izquierda el siguiente peldaño de la escalera. Funciona. Entonces me elevo hasta adoptar una postura sentada antes de empezar a subir.

Otro disparo y la pared revienta frente a mí. Varios fragmentos de ladrillo vuelan por todas partes.

«Mierda, mierda, mierda». Subo por la escalera tan rápido como puedo sin resbalar sobre las barras de metal heladas. Se oyen gritos y palabrotas debajo de mí y, de repente, siento que la escalera tiembla cuando otra persona salta sobre ella.

Supongo que han decidido intentar capturarme viva.

No miro hacia abajo mientras continúo la peligrosa escalada. Nunca me han gustado las alturas, así que me imagino que es un ejercicio de entrenamiento y una colchoneta gruesa y acolchada me está esperando abajo. Aunque me caiga, estaré bien. Es una mentira total, por supuesto, pero me sirve para seguir en marcha a pesar de que el corazón se me vaya a salir por la garganta.

Antes de darme cuenta, estoy en el techo y salto de la escalera a la superficie plana. El edificio en el que estoy tiene forma de cuadrado con un agujero en el centro que da acceso a un patio grande, una estructura típica de la época soviética que ocupa una manzana entera. Me detengo lo necesario para ver otra escalera en el lado opuesto del cuadrado y, luego, empiezo a correr de nuevo, dirigiéndome hacia ella.

—¡Alto! —grita alguien de nuevo y me doy cuenta, con un sobresalto de miedo, de que ya están aquí arriba, pisándome los talones. Incapaz de resistirme, echo una mirada desesperada hacia atrás y veo a dos hombres corriendo detrás de mí. Llevan uniformes de policía y uno de ellos tiene un arma. Ambos son grandes y, al parecer, rápidos y fuertes. No podré dejarlos atrás mucho tiempo.

Cambiando de estrategia, corro a toda velocidad y uso los dos segundos de ventaja que he ganado para esconderme detrás de una chimenea de cemento. Apoyada en ella, jadeo buscando aire, intentando desesperadamente no hacer ruido mientras recupero el aliento.

Tres segundos después, oigo las pisadas de los hombres.

Es hora de pasar a la ofensiva.

Cuando el primer policía cruza a toda velocidad delante de mí, saco el pie. Tropieza, cae soltando una palabrota y oigo el arma deslizarse por el techo helado.

El tirador está tendido en el suelo y desarmado.

Antes de que su compañero tenga la oportunidad de reaccionar, salto ante él, con la mano derecha convertida en un puño. Automáticamente se agacha hacia la izquierda cuando lo dirijo hacia él y aprovecho el impulso de su movimiento para golpear hacia arriba con el puño izquierdo.

Le golpeo en la barbilla y se tambalea hacia atrás, gruñendo. Sin pausa, busco el arma y veo al otro policía haciendo lo mismo.

Chocamos, rodamos y, por un segundo, rozo el arma con los dedos.

«¡Sí!» La agarro y, mientras el policía intenta inmovilizarme, aprieto el gatillo.

Grita, presionándose el hombro, y lo empujo gracias a la adrenalina, que me da una fuerza casi sobrehumana. Ya estoy de rodillas cuando el segundo policía se me lanza, apretándome brutalmente la muñeca con la mano.

—Suelta el arma, zorra —sisea y, en ese momento, oigo más pasos.

—¿La tienes, Sergey? —grita un hombre, y veo a cinco policías más con las armas desenfundadas.

No tiene sentido seguir peleando, así que suelto el arma. Cae al techo con un ruido sordo mientras Sergey me da la vuelta y me esposa las muñecas detrás de la espalda.

Estoy atrapada.

Ya puedo perder la esperanza.

11

ucas

—¿QUE HICIERON QUÉ?

Mi voz es un leve silbido mientras me siento, ignorando las manos de la enfermera que revolotean a mi alrededor intentando hacer que me quede quieto. La rabia que me atraviesa ahuyenta los restos de la confusión que me ha provocado la medicación que me dio antes. No tengo ni idea de cuánto tiempo he estado inconsciente, pero claramente ha sido demasiado.

—Los terroristas atacaron el hospital hace unas horas —repite Sharipov, con cara tensa y cansada—. Parece que subestimamos sus capacidades y su deseo de llegar hasta tu jefe. Como no encontramos su cuerpo entre los muertos, asumimos que se lo han llevado.

—¿Se han llevado a Esguerra? —Me cuesta mucho no saltar de la cama y estrangular al coronel con mis propias manos, las cuales todavía están descontroladas, lo noto en algún rincón de mi cerebro—. ¿Dejaste que se lo llevaran? Joder, te dije que le pusieras seguridad.

—Lo hicimos. Teníamos a varios de nuestros mejores soldados de guardia.

—¿Varios? ¡Deberían haber sido varias docenas, malditos gilipollas!

La enfermera se estremece ante mi rugido y se sitúa lejos de mi alcance. Una mujer inteligente. En este momento, también la estrangularía con gusto.

Sharipov aprieta la mandíbula.

—Como dije, subestimamos a esta organización terrorista. No volveremos a cometer el mismo error. Fue un baño de sangre. Hirieron a docenas de pacientes y personal del hospital al salir y mataron a todos los soldados de guardia.

—¡Joder! —Golpeo el colchón tan fuerte que la almohada rebota—. ¿Al menos fuisteis capaces de seguirlos? —Majid no es tan estúpido como para llevar a Esguerra a las instalaciones de Al-Quadar en las montañas del Pamir. Ya debe saber que hemos rastreado su ubicación.

Sharipov retrocede prudentemente.

—No. La policía fue avisada de inmediato y enviamos a más soldados, pero los terroristas escaparon antes de que pudiéramos llegar al hospital.

—¡Hijo de puta! —Si no fuera por el yeso que me inmoviliza la pierna, me levantaría de la cama y golpearía al cansado coronel en la cara. Pero tengo que volver a conformarme con golpear sobre el colchón barato. El movimiento brusco hace que me retumbe la cabeza, pero me importa un carajo.

Se llevaron a Esguerra mientras estaba aquí, drogado e inconsciente.

He fallado en mi trabajo y lo he hecho estrepitosamente.

—Dame el teléfono —digo cuando estoy lo suficientemente calmado para hablar—. Necesito hablar con Peter Sokolov.

Sharipov asiente con la cabeza y saca el teléfono del bolsillo.

—Aquí tienes. —Me lo ofrece con cautela—. Ya hemos hablado con él, pero puedes volver a hacerlo.

Luchando contra las ganas de agarrar la mano de Sharipov y romperle el brazo, cojo el teléfono y marco los números para una conexión segura a través de una serie de transmisores. Para mi desgracia, Peter no contesta.

Sharipov me observa, así que oculto mi frustración mientras lo intento de nuevo. Una y otra vez.

—Regresaré en unos minutos —dice Sharipov en mi quinto intento—. Puedes llamar a quien necesites.

Se va y vuelvo a intentar llamar al número de Peter, impulsado por una creciente ira y preocupación. El asesor de seguridad ruso de Esguerra siempre lleva el teléfono encima y no tengo ni idea de por qué, de repente, está incomunicado. ¿Habrán atacado la finca de Esguerra en Colombia? La mera posibilidad me enfurece.

Justo cuando estoy a punto de rendirme, se conecta la llamada.

—¿Sí? —El ligero acento en la voz es inconfundiblemente de Peter Sokolov.

—Soy Kent.

—¿Lucas? —El ruso parece sorprendido—. ¿Estás despierto?

—Joder, sí, estoy despierto. ¿Dónde estás? ¿Por qué no me contestabas?

Se produce una pequeña pausa en la llamada.

—Acabo de aterrizar en Chicago.

—¿Qué? —Eso es lo último que esperaba oír—. ¿Por qué?

—La esposa de Esguerra quiere ser el cebo de Al-Quadar. —Casi salto de la cama. ¡Maldita escayola!

—Sí, lo sé. Esa también ha sido mi reacción. Resulta que Esguerra, ese puto obseso, le implantó unos rastreadores. Si se la llevan para ejercer presión contra Esguerra, tendremos su ubicación.

—¡Joder! —El plan es brillante, aunque estemos jugando con fuego. Si los terroristas encuentran esos rastreadores, la preciosa esposa de Esguerra rezará para que la maten. Y, si de alguna manera Esguerra sobrevive, descuartizará a Peter lentamente por usar a la chica de cebo.

—¿Lo ha propuesto Nora?

—Sí, fue idea suya. —Se aprecia una pizca de

admiración en la voz fría del ruso—. No sé qué poder tiene sobre ella, pero está decidida a hacerlo. Yo estaba en contra al principio, pero me ha convencido.

Inhalo y dejo salir el aire lentamente. Debería estar sorprendido porque, después de todo, Esguerra la secuestró, pero no lo estoy. No importa cómo comenzó su relación, está claro que lo que hay entre ellos ahora es mutuo. Me siento tentado a despedazar a Peter por ir en contra de las órdenes de Esguerra, pero sería una pérdida de tiempo y energía. Lo que ya ha hecho no tiene vuelta atrás.

—¿Cuál es el plan exactamente? —pregunto—. ¿Vas a ir a Chicago para asegurarte de que muerdan el anzuelo?

—No. Me voy a Tayikistán ahora mismo. El equipo de rescate ya está en camino. En cuanto la cojan los hombres de Majid, iremos a por ella y a por Esguerra.

—Sabes que quizás no la lleven junto a él. Un vídeo torturándola será tan efectivo como tenerla a su lado de verdad.

—Lo sé.

Por supuesto que lo sabe. Como yo, está acostumbrado a las apuestas a vida o muerte. Podría pasarme una eternidad enumerando los riesgos, pero eso no cambiaría nada. El plan funcionará o no funcionará y no hay nada que pueda hacer al respecto.

—¿Has averiguado lo que ha pasado? —pregunto, cambiando de tema—. Sharipov dijo que quizás había habido algún error.

—¿Un error? —Puedo oír el resoplido burlón de

Peter por teléfono—. Más bien tienen una seguridad nefasta. Uno de sus oficiales ha estado trabajando para los ucranianos durante años y los idiotas no tenían ni idea hasta que disparó un misil contra vuestro avión.

—¿Ucrania? —Tiene sentido; ahora que Esguerra está del lado de los rusos, los ucranianos querrán eliminarlo. Pero... ¿cómo se enteraron de nuestra conversación tan rápido? ¿Había micrófonos en el restaurante de Moscú? ¿Buschekov jugó para ambos bandos? ¿O...?

—Fue la intérprete —dice Peter, confirmando mi siguiente suposición—. Hice que la detuvieran en Moscú tan pronto como supe lo que había ocurrido. —Un fuerte pitido me retumba en el oído y me doy cuenta de que he apretado el teléfono tan fuerte que casi rompo uno de los botones de volumen—. ¿Qué cojones...?

—Lo siento. He tocado el botón equivocado —Mi voz suena fría y firme, a pesar de que una lava ardiente me recorre las venas—. ¿La intérprete es una espía ucraniana?

—Eso parece. Seguimos investigando su pasado, pero, hasta ahora, al menos la mitad de su historia parece inventada.

—Ya veo. —Me obligo a aflojar los dedos para no aplastar el teléfono por completo—. Por eso han podido actuar tan rápido.

—Sí. Averiguaron exactamente cuándo pasarías por el espacio aéreo uzbeko y dieron luz verde al agente que tenían allí.

El teléfono emite otro irritante pitido mientras aprieto la mano involuntariamente. Sé cómo averiguaron el momento; se lo dije yo a la puta espía.

—¿Lucas?

—Sí, estoy aquí. —No recuerdo la última vez que estuve tan furioso. Yulia Tzakova, si es que ese es su verdadero nombre, me ha tomado por tonto. Su reticencia inicial, su peculiar aire de inocencia, todo ha sido mentira. Probablemente esperaba acercarse a Esguerra y, como no lo consiguió, se conformó conmigo.

—Tengo que irme —dice Peter—. Te llamaré de nuevo cuando aterricemos. Descansa un poco y mejórate. No puedes hacer nada más ahora mismo. Te mantendré informado de cualquier novedad.

Cuelga el teléfono y me obligo a tumbarme porque el dolor de cabeza ha empeorado debido a la rabia contenida.

Si Yulia Tzakova vuelve a cruzarse en mi camino, lo pagará.

Pagará por todo.

TODAVÍA ESTOY FURIOSO CUANDO SHARIPOV REGRESA para recuperar el teléfono. Cuando se acerca a la cama, me siento y lo miro fijamente.

—Así que un puto error, ¿no?

El coronel levanta la mano y se frota la nariz.

—Estamos interrogando al oficial responsable ahora mismo. Aún no está claro si…

—Llévame hasta él.

Sharipov me mira perplejo y baja la mano.

—No puedo hacer eso —dice—. Esto es asunto de nuestro ejército.

—Tu ejército la ha cagado a lo grande. Teníais a un traidor a cargo de vuestro sistema de misiles de defensa.

El coronel abre la boca, pero me anticipo a sus objeciones.

—Llévame hasta él —exijo de nuevo—. Necesito interrogarlo yo mismo. De lo contrario, no tendremos más remedio que asumir que otros miembros de tu ejército o de tu gobierno estuvieron también involucrados en el ataque del misil. —Hago una pausa —. Puede que incluso en el ataque terrorista que hubo en el hospital.

Los ojos de Sharipov se abren de par en par ante mi amenaza implícita. Si se descubre que el gobierno uzbeko tiene vínculos con una organización terrorista como Al-Quadar podría ser desastroso para el país. No me sorprendería que el coronel estuviera al tanto de nuestros contactos en Estados Unidos e Israel. Al negarme la oportunidad de interrogar a un oficial traidor, el gobierno uzbeko podría estar convirtiéndose en enemigo de la poderosa organización de Esguerra y adquirir una mala reputación mundial por asociarse con terroristas.

—Tengo que hablarlo con mis superiores —dice

Sharipov al cabo de un momento—. Por favor, dame el teléfono.

Se lo entrego y observo cómo sale de la habitación, marcando el número de alguien. Espero, seguro de cuál va a ser el resultado, y efectivamente regresa unos minutos después, diciendo:

—Muy bien, Kent. Traeremos aquí a nuestro oficial en la próxima hora. Puedes hablar con él, pero eso es todo. Nuestros militares se encargarán de lo demás.

Le lanzo una mirada desafiante. Lo único de lo que se encargarán sus militares es del cuerpo del traidor, pero Sharipov no necesita saberlo todavía.

—Tráelo —me limito a decir y, luego, me tumbo y cierro los ojos, esperando que el dolor punzante en el cráneo disminuya en la próxima hora.

Quizás no pueda poner las manos sobre la intérprete ahora mismo, pero, de algún modo, podré vengarme mientras esté aquí.

Cuando llega el traidor, las enfermeras me dan unas muletas y me llevan a otra habitación del hospital. Tardo unos minutos en acostumbrarme a caminar con las muletas y el puto dolor de cabeza no ayuda. Cuando llego, ya tienen al tipo sentado en una cama, con el coronel Sharipov a un lado y un soldado con una M16 al otro.

—Este es Anton Karimov, el oficial responsable del desafortunado incidente con tu avión —dice Sharipov mientras voy cojeando hacia ellos—. Puedes hacerle todas las preguntas que quieras. Su inglés no es tan bueno como el mío, pero debería entenderte.

Una de las enfermeras arrastra una silla y me siento en ella, analizando al sudoroso hombre que tengo ante de mí. Tiene unos cuarenta años, es regordete, con un grueso bigote negro y bastantes entradas. Aún lleva el uniforme del ejército y veo cercos de sudor en las axilas.

Está nervioso. No, más que eso.

Está aterrorizado.

—¿Quién te pagó? —pregunto cuando las enfermeras salen de la habitación. Decido empezar con calma, ya que puede que no me cueste mucho hacer que este hombre confiese—. ¿Quién te dio la orden de que derribaras nuestro avión?

Karimov se encoge visiblemente.

—Na... nadie. Fue solo un error. Limpio los controles y...

Le corto levantando una de las muletas y poniéndole el extremo más lejano contra la ingle. Aunque solo ejerzo una leve presión en sus pelotas, el hombre se pone de un pálido enfermizo.

—¿Quién te dio la orden de que derribaras nuestro avión? —repito, mirándolo. Veo que Sharipov se siente incómodo con mi manera de interrogar, pero lo ignoro. En vez de eso, empujo el palo de madera hacia delante, ejerciendo mayor presión sobre la entrepierna de Karimov.

—Na... nadie —jadea Karimov, retrocediendo para alejarse de la muleta—. Yo solo limpio los...

Me lanzo hacia adelante. Emite un chillido agudo mientras le clavo con la muleta las pelotas al colchón.

—No me mientas, joder. ¿Quién te pagó?

—Kent, esto no es aceptable —dice Sharipov, interponiéndose entre el prisionero y yo.

—Te lo hemos dicho, solo preguntas. Si no paras...

Antes de que termine de hablar, ya estoy de pie, apoyándome en una muleta mientras golpeo al soldado armado con la otra. Ni siquiera levanta la M16 antes de que le golpee en la rodilla y se caiga hacia adelante, lo que me permite cogerle el arma. Un segundo después, tengo el rifle de asalto apuntando a Sharipov.

—¡Vete! —digo, señalando la puerta con la barbilla —. Tú y el soldado, ambos. ¡Iros a tomar por culo!

Sharipov retrocede, con la cara enrojecida.

—No sé qué crees que estás haciendo...

—¡Fuera! —Levanto el arma y le apunto entre los ojos—. ¡Ahora!

Sharipov aprieta la mandíbula, pero hace lo que le digo. El soldado cojea detrás de él, mirándome de mala manera por encima del hombro. No me cabe duda de que volverán con refuerzos, pero ya será demasiado tarde.

En cuanto la puerta se cierra detrás de ellos, vuelvo a centrarme en Karimov.

—Ahora —digo, con un tono casi agradable mientras apunto con el arma al traidor—. ¿Por dónde íbamos?

Los ojos del hombre están llenos de miedo.

—Fue…fue un error. Ya se lo he dicho antes. Nadie me ha pagado. Nadie…

Aprieto el gatillo y veo las balas atravesarle la rodilla. Los disparos y los gritos resultantes agravan mi dolor de cabeza, lo que incrementa mi rabia.

—Te dije que no me mintieras —vocifero cuando los gritos del hombre se calman—. Ahora, dime, ¿quién te pagó?

—¡No lo sé! —Llora agarrándose la rodilla mientras empapa de sangre la cama del hospital—. ¡Todo fue por correo! ¡Todo fue por correo electrónico!

—¿Qué correo?

—¡Mi correo de Yahoo! Llevan años transfiriendo dinero a mi cuenta bancaria y, luego, me piden favores. Pequeños favores. No me reúno con ellos. Nunca los he conocido…

—¿No sabes quiénes son?

—N-no —solloza, tratando de detener la hemorragia con las regordetas manos—. No sé, no sé, no sé…

«¡Mierda!» Me inclino a creerle. Es demasiado cobarde como para no venderlos y así salvar su propio pellejo. Probablemente sabían que no podían confiar en él. Jaquearemos su correo electrónico, pero dudo que eso nos dé muchas pistas.

Escucho gritos y pisadas en el pasillo, por lo que apoyo el arma contra la sudorosa frente de Karimov.

—Última oportunidad —digo con seriedad—. ¿Quiénes son?

—¡No lo sé! —gime lleno de desesperación y sé que está diciendo la verdad. No sabe nada, por lo que no sirve de mucho. Estoy tentado de dejarlo con vida para que Esguerra o Peter se diviertan, pero costaría demasiado sacarlo del país.

Eso significa que solo me queda una cosa por hacer.

Aprieto el gatillo y acribillo a Karimov a balas. Veo cómo su cuerpo golpea contra la pared y la sangre y pedazos de cerebro caen por todas partes. Luego, bajo el arma y respiro profundamente, tratando de calmar el dolor punzante de cabeza.

Cuando las tropas de Sharipov irrumpen en la sala unos segundos después, estoy sentado en la silla, con el arma vacía en el suelo.

—Disculpad el desorden —digo, apoyándome en las muletas para levantarme—. Pagaremos la limpieza de esta habitación.

E, ignorando el horror en las caras de los demás, empiezo a cojear hacia la puerta.

12

ulia

—¿A QUÉ ORGANIZACIÓN PERTENECES? —BUSCHEKOV SE inclina hacia adelante y me mira con la intensidad de una serpiente hipnotizando a su presa.

Observo al funcionario ruso, entendiendo apenas la pregunta. No puedo decidir si tiene los ojos de color gris amarillento o avellana pálida. Sea cual sea el color del iris, logra mezclarse con el blanco grisáceo y amarillento que lo rodea, lo que causa la ilusión de una completa falta de color en los ojos. En general, todo lo de Arkady Buschekov es de color gris amarillento, desde el tono de piel hasta el pelo rizado que lleva pegado a la cabeza brillante.

—¿A qué organización perteneces? —repite, mirándome con aburrimiento. Me pregunto cuánta gente ha claudicado solo por esa mirada. Si creyera en la visión de rayos X, juraría que está observando mi interior—. ¿Quién te envía?

—No sé de qué estás hablando —digo, incapaz de mantener el cansancio fuera de mi tono de voz.

Han pasado más de veinticuatro horas desde mi captura y no he dormido ni comido ni bebido nada. Así es cómo me están agotando, debilitando mi fuerza de voluntad. Es una técnica de interrogatorio estándar en Rusia. Los rusos se consideran a sí mismos demasiado civilizados para recurrir a la tortura directa, por lo que utilizan estos métodos «más suaves», cosas que interfieren en la mente en lugar de causar un daño permanente en el cuerpo.

—Ya sabes, Yulia Andreyevna —Buschekov se dirige a mí por mi nombre y por mi falso apellido—. El gobierno ucraniano ha negado tener cualquier vínculo contigo. —Se inclina aún más, por lo que quiero encogerme en el asiento. A esta distancia, huelo el pescado salado y las patatas al ajillo que debe haber comido en el almuerzo—. A menos que algún organismo no oficial de Ucrania te reclame, no tendremos más remedio que suponer que eres una ciudadana rusa, como lo indican tus antecedentes falsos —continúa—. Entiendes lo que significa, ¿verdad?

Lo sé. Si me acusan de traición, me matarán. Pero

no por eso voy a hablar. Obenko no se presentará a por mí, ni aunque exponga a nuestro organismo extraoficial. Un agente no es nada en la inmensidad de la organización.

Como permanezco en silencio, Buschekov suspira y se recuesta en el asiento.

—Muy bien, Yulia Andreyevna. Si así es cómo deseas jugar… —Chasquea los dedos contra el espejo de la pared a mi izquierda—. Volveremos a hablar pronto.

Se levanta y camina hacia la puerta de la esquina antes de pararse frente a ella para mirarme.

—Piensa en lo que te he dicho. Esto puede acabar muy mal si no cooperas.

No respondo. En vez de eso, me miro las manos, esposadas a la mesa que hay frente a mí. Oigo la puerta abrirse y cerrarse cuando sale y, luego, me quedo sola, excepto por los que me miran a través del espejo.

LAS HORAS PASAN, CADA SEGUNDO ES MÁS TORTUOSO QUE el siguiente. La sed que me atormenta es comparable solo al hambre que me roe por dentro. Trato de recostar la cabeza sobre el escritorio para dormir, pero, cada vez que lo hago, una alarma que me perfora los oídos suena a través de los altavoces, sobresaltándome. El pitido es imposible de ignorar, incluso en el estado de cansancio en el que me encuentro y finalmente dejo de intentarlo, haciendo todo lo posible para evadirme un momento mientras estoy sentada en la silla.

Sé lo que están haciendo, pero no por eso es más fácil soportarlo. Las personas que no han experimentado una privación prolongada del sueño no entienden que es una verdadera tortura, que cada parte del cuerpo comienza a apagarse después de un tiempo. Tengo náuseas y frío por todas partes y me duele todo: el estómago, los músculos, la piel, los huesos... incluso los dientes. El dolor de cabeza de antes es ahora una fuerte agonía y se me están agrietando los labios por la falta de agua.

¿Cuánto hace desde que Buschekov me dejó sola? ¿Varias horas? ¿Un día? No lo sé. Y estoy perdiendo las ganas de preocuparme por ello. Si hay algo positivo en todo esto, es que no necesito usar el baño. Estoy muy deshidratada y tengo el estómago demasiado vacío. No es que esto me haya salvado de la humillación. Al llegar, me desnudaron y revisaron cada centímetro del cuerpo. Incluso ahora que estoy vestida con un uniforme gris de prisión, me siento terriblemente desnuda al recordar la humillación de los dedos cubiertos de látex de los guardias invadiéndome por completo.

Cierro los ojos por un segundo y la alarma chirriante suena y me despierta. Abro los ojos e intento tragar, aprovechar la poca humedad que me queda en la boca para mojarme la garganta. Siento como si hubiera estado comiendo arena. Tragar duele más que no tragar, así que me rindo, concentrándome en sobrevivir paso a paso. No me dejarán morir así porque esperan obtener algo de información de mí, así que todo lo que tengo que hacer es aguantar hasta que me traigan un poco de agua.

Hasta que vuelvan a interrogarme de nuevo.

Mi mente va a la deriva, recordando los últimos días. No hay razón para no pensar en Lucas ahora, así que dejo que los recuerdos vengan a mí. Afilados y agridulces, me llenan, alejándome de este cuerpo dolorido y agotado.

Recuerdo cómo me besaba, cómo encajaba contra mí y dentro de mí. Recuerdo su sabor, su olor, la sensación de su piel contra la mía. Me miraba mientras me follaba, me poseía con la intensidad de su mirada. ¿La noche que pasamos juntos significó algo para él? ¿O solo fue sexo, una forma de quitarse las ganas mientras pasaba por Moscú?

Me arden los ojos por la sequedad mientras miro, sin ver, la pared frente a mí. Cualquiera que sea la respuesta, no importa. Nunca fue relevante, pero ahora no tiene ninguna importancia. Lucas Kent está muerto, su cuerpo probablemente habrá explotado en mil pedazos.

La habitación se desdibuja ante mí, se desvanece y se desenfoca y me doy cuenta de que estoy temblando. Respiro superficialmente y me late el corazón muy rápido. Sé que lo más seguro es que la culpa sea de la deshidratación y la falta de sueño, pero siento como si algo dentro de mí se estuviera rompiendo, la presión que noto alrededor del pecho es fuerte y aplastante.

Quiero acurrucarme en un ovillo, encogerme sobre mí misma, pero no puedo, no con las manos esposadas a la mesa y los pies encadenados al suelo.

Solo puedo sentarme y llorar por algo que nunca tuve y ya nunca conoceré.

13

ucas

DESPUÉS DEL INTERROGATORIO DE KARIMOV, SHARIPOV asigna una decena de soldados armados para vigilarme y para que acompañen a las enfermeras cuando me curan. Sé que le gustaría hacer algo más, como meterme en prisión, pero no se atreve. Peter ya ha hecho su magia con los contactos rusos, así que todos los trabajadores del hospital me tratan de la mejor manera posible, exceptuando el pequeño detalle de los guardias armados.

No me importa mi séquito. Ahora que he tenido la oportunidad de liberar un poco de ira, estoy algo más calmado y paso el tiempo entre la muerte de Karimov y el rescate de Esguerra aprendiendo a caminar con muletas. Según los médicos, es una rotura limpia de tibia, así que me quitarán la escayola dentro de seis u ocho semanas. Eso me reconforta un poco y reduce la rabia y la frustración que siento por estar encerrado en el hospital mientras otros están haciendo mi trabajo.

Peter me cuenta todas las novedades, por eso sé que Al-Quadar ha mordido el anzuelo. Ahora solo tenemos que esperar a que lleven a Nora al sitio en el que la célula terrorista tiene escondido a Esguerra.

Me siento moderadamente optimista, así que hago los preparativos para que, después del rescate, lleven a ambos a una clínica privada en Suiza porque creo que lo necesitarán. También elaboro estrategias con Peter sobre la mejor manera de sacar a Esguerra del agujero donde lo tienen encerrado y, con bastante frecuencia, voy a ver a los hombres que se quemaron, que ya están estables, pero siguen drogados e inconscientes para aliviar el sufrimiento. Van a necesitar varios injertos de piel, pero ese es un gasto que tiene que autorizar Esguerra cuando regrese.

Con todo este ajetreo no paso demasiado tiempo en la cama, lo que hace enfadar a los doctores que cuidan de mí. Dicen que tengo que tumbarme sin moverme y no estresarme para que la contusión cerebral se cure, pero no les hago caso. No entienden que tengo que mantenerme ocupado, que incluso el peor dolor de cabeza es mucho mejor que quedarme tumbado y pensar en… ella.

La intérprete rusa-espía ucraniana.

Yulia.

Con solo pensar en su nombre se me dispara la presión arterial. No sé por qué no puedo sacarme su traición de la cabeza. Ni siquiera fue una traición como tal. Entiendo que no me debía ningún tipo de lealtad, ya que fui a su apartamento con la intención de usar su cuerpo y, al final, acabó usándome ella a mí. Eso la convierte en mi enemiga, en alguien a quien debería querer matar, pero eso no significa que me traicionara. No debería darle a ella más importancia de la que le doy a Al-Quadar.

No debería, pero lo hago.

Pienso en ella constantemente, recordando cómo me miraba y cómo se le cortó la respiración cuando la toqué por primera vez; la manera en la que se agarraba a mí mientras me introducía en ella, con el coño apretado y mojado alrededor de mi polla. Me deseaba, no había duda, y follar con ella fue la cosa más sensual que he hecho en muchos años.

O en mi vida.

«Joder».

No puedo seguir haciéndome esto. Necesito olvidarla. Está en manos del gobierno ruso; así que ya no es problema mío, pero, de algún modo, va a pagar por lo que ha hecho.

Pensar eso debería consolarme, pero solo hace que me enfade aún más.

~

—Los tenemos.

Me levanto al escuchar la voz de Peter, ya que estoy demasiado tenso para sentarme.

—¿Cómo están? —Me cuesta sostener el teléfono al mismo tiempo que ando con las muletas, pero me las apaño.

—Esguerra está bastante jodido, le han dejado la cara bonita... Creo que ha perdido un ojo. Nora parece estar bien. Se cargó a Majid, le voló los sesos antes de que llegáramos. —La voz de Peter refleja admiración—. Lo acribilló a tiros a sangre fría, ¿te lo puedes creer?

—Joder. —No puedo imaginarme la escena, así que ni lo intento. Prefiero centrarme en la primera parte de su frase—. ¿Esguerra ha perdido un ojo?

—Eso parece. No soy doctor, pero no pinta bien. Con suerte podrán arreglárselo en ese sitio suizo.

—Pues sí. —Si eso se puede hacer en alguna parte, es en la clínica de Suiza. Se la conoce por tratar con famosos y gente asquerosamente rica de todas las ideologías, desde magnates rusos del petróleo hasta capos mexicanos. El precio por quedarse allí una noche ronda los treinta mil francos suizos, pero Julian Esguerra puede permitírselo sin problemas.

—Por cierto, quiere que tú y los demás seáis transferidos a esa clínica —dice Peter—. Pronto os mandaremos un avión.

—Ah. —No me esperaba menos, pero está bien escucharlo. Recuperarse en la lujosa clínica suiza tiene que ser mucho mejor que estar atrapado en este agujero—. ¿No se te ha tirado al cuello por dejar que se llevaran a Nora?

—En realidad, no he hablado mucho con él. Estoy manteniendo las distancias.

—Peter… —Dudo por un instante, pero decido que el tipo se merece una advertencia razonable—. Esguerra no es muy comprensivo cuando se trata de su mujer. Puede que quiera…

—¿Arrancarme el hígado con sus propias manos? Sí, lo sé. —El ruso suena más divertido que asustado por nuestra conversación—. Por eso mismo voy a dejarlos en la clínica y a marcharme; son todo tuyos a partir de ahora.

—¿Marcharte? ¿Qué pasa con tu lista? —No es un secreto que, a cambio de tres años de servicio, Esguerra le prometió a Peter una lista con los nombres de los responsables de lo que le ocurrió a su familia.

—No te preocupes por eso. —La voz de Peter se enfría hasta niveles glaciales—. Tendrán lo que se merecen.

—Vale, tío. —Puede que sea el momento de decirle a los guardias que detengan a Peter. Sin duda, Esguerra me elogiaría por hacerlo, pero no puedo traicionar al ruso de esa manera. Aunque no llevamos mucho tiempo trabajando juntos, lo admiro. El hijo de puta tiene sangre fría, lo que hace que sea excelente en su trabajo y, sinceramente, es un hombre peligroso y no quiero arriesgar la vida de mis hombres—. Que te vaya bien —le digo, y lo digo con sinceridad.

—Gracias, Lucas, y a ti también. Espero que Esguerra y tú os recuperéis pronto.

Al terminar de decir esa frase, cuelga, y espero al avión tratando de no pensar en Yulia.

NOS QUEDAMOS EN LA CLÍNICA SUIZA CASI UNA SEMANA. Durante ese período de tiempo Esguerra se somete a dos operaciones: una para arreglarle la cara, que la tiene destrozada, y otra para ponerle una prótesis ocular en la cuenca del ojo izquierdo.

—Los doctores dicen que las cicatrices apenas serán visibles dentro de un tiempo —me comenta su mujer cuando me la encuentro en el pasillo—. También, que el implante ocular parecerá muy real. En unos meses casi podrá ser el mismo de antes. —Hace una pausa, estudiándome con sus enormes ojos negros—. ¿Y tú cómo estás, Lucas? ¿Cómo tienes la pierna?

—Bien. —Me he negado a tomar analgésicos, así que me duele una puta barbaridad, pero Nora no tiene por qué saberlo—. Tuve suerte, como él.

—Sí... —Contrae la delicada garganta al tragar—. ¿Cuál es el diagnóstico de los demás?

—Sobrevivirán hasta la siguiente operación. —Es lo único positivo que puedo contarle sobre los tres hombres quemados—. Los médicos dicen que cada uno necesitará alrededor de una docena de operaciones.

Nora asiente con tristeza.

—Claro... Espero que las operaciones vayan bien. Deséales lo mejor de mi parte si hablas con ellos, por favor.

Inclino la cabeza. Es poco probable que lo haga, ya que están completamente drogados, pero no creo que sea necesario contárselo a ella. La pequeña y joven mujer que tengo delante ya tiene bastante mierda encima. Esguerra dice que lo está llevando bien, pero lo dudo; no muchas jóvenes de diecinueve años de los suburbios americanos le vuelan la cabeza a un terrorista.

Estoy a punto de seguir mi camino cuando Nora pregunta en voz baja:

—¿Sabes algo de Peter? —Me es difícil descifrar la expresión que tiene al mirarme.

—No —le digo con sinceridad—. ¿Por qué?

Se encoge de hombros.

—Solo tenía curiosidad. Al fin y al cabo, le debemos la vida.

—Cierto. —Tengo la sensación de que hay algo más aparte de eso, pero no quiero cotillear. Asiento de nuevo y me voy cojeando a mi habitación.

Esa noche, justo cuando me estoy quedando dormido, la espía rubia vuelve a invadir mis pensamientos, haciendo que la polla se me ponga dura a pesar del continuo dolor de cabeza. Ha sido así cada noche durante la última semana. Imágenes aleatorias de nuestra noche juntos me invaden la mente cuando tengo la guardia baja, cuando estoy demasiado cansado para evitarlas. Sigo acordándome de su coño apretado, de los gemidos que se le escapaban de la garganta cuando me la estaba follando, de su olor, de su sabor… Es tan horrible que he llegado a pensar en contratar a una prostituta pero, por algún motivo, la idea no termina de convencerme.

No quiero simplemente tener sexo. Quiero tener sexo con ella.

Me levanto enfadado, cojo las muletas y me voy cojeando hasta el baño para masturbarme otra vez.

Si todo va bien, mañana estaré de nuevo en Colombia y este capítulo de mi vida se habrá acabado.

Puede que entonces olvide a Yulia de una vez.

III

LA PRISIONERA

14

PASO LOS DEDOS SOBRE EL TECLADO DEL PORTÁTIL mientras miro la pantalla y me pregunto si será sensato lo que estoy a punto de hacer. Respiro hondo y empiezo a teclear. El correo que le escribo a Buschekov es corto y conciso: «Esguerra solicita que se le envíe a Yulia Tzakova para tenerla bajo su custodia e interrogarla a fondo».

Hago clic en «enviar» y me levanto, disfrutando de la libertad de moverme sin muletas. Ya han pasado dos semanas desde que me retiraron la escayola, pero todavía me siento eufórico cada vez que me pongo en pie y soy capaz de andar sin ayuda.

Salgo de la biblioteca que hace las veces de oficina y

me dirijo a la cocina para prepararme un bocadillo. Nunca se me ha dado muy bien la cocina, así que el bocadillo es de lo más simple: jamón, queso, lechuga y mayonesa dentro de dos rebanadas de pan.

Me siento a comer a la mesa para no sobrecargar la pierna. Aunque se está curando bien, aún tengo que luchar contra mi tendencia a cojear; solo han pasado dos meses desde que me la rompí y todavía necesita tiempo para sanarse por completo.

Mientras como, pienso en la posible respuesta de los rusos a mi correo electrónico. No creo que a Buschekov le entusiasme la idea de perder a su prisionera, pero tampoco creo que se oponga demasiado. Las armas de Esguerra son las mejores del mercado y, con el conflicto recrudeciéndose en Ucrania, el Kremlin necesita más que nunca nuestras entregas clandestinas a los rebeldes.

De una forma u otra respetarán la petición de Esguerra, que es, en realidad, mi petición; lo que significa que, después de estar dos meses obsesionado con ella, por fin le voy a poner las manos encima a Yulia Tzakova.

No puedo esperar, joder.

DURANTE LOS DOS DÍAS SIGUIENTES INTERCAMBIO MEDIA docena de correos con Buschekov. Como era de esperar no le entusiasma mucho la idea y al principio dice que solo hablará del asunto con Peter Sokolov.

—Sokolov no está actualmente disponible —le digo a Buschekov cuando hablamos por videollamada. El oficial ruso está usando una intérprete otra vez, esta vez una mujer de mediana edad—. Ahora yo soy el representante de Esguerra en todos los asuntos y quiere que Tzakova esté bajo su custodia lo antes posible, junto con la información que hayáis sido capaces de descubrir sobre ella hasta ahora.

—Eso no es posible —replica Buschekov cuando la traductora le transmite mis palabras—. Es un asunto de seguridad nacional...

—Gilipolleces. Solo pedimos los archivos de sus antecedentes, eso no tiene nada que ver con la seguridad nacional rusa.

Cuando la mujer lo interpreta, Buschekov se queda callado durante unos segundos y sé que está pensando en la mejor manera de tratarme:

—¿Por qué la necesitáis? —me pregunta finalmente.

—Porque queremos localizar al individuo o a la organización específica responsable del ataque del misil. —O, al menos, eso es lo que me digo a mí mismo: que quiero interrogar a la chica personalmente para encontrar a los hijos de puta que derribaron nuestro avión.

Los ojos incoloros de Buschekov no parpadean.

—No necesitáis a Tzakova para eso. Os daremos la información en cuanto la tengamos.

—Así que no la tenéis. Después de dos meses. —Estoy tan sorprendido como impresionado de que no hayan sido capaces de doblegar a la chica. Su entrenamiento debe haber sido de primera categoría para poder resistir un interrogatorio tan largo.

—La tendremos pronto. —Buschekov cruza los brazos delante del pecho—. Hay formas más eficaces de obtener información y nos acaban de autorizar para usarlas.

Se me contraen los músculos del estómago. He estado intentado no pensar en lo que le han podido hacer en Moscú, pero de vez en cuando esos pensamientos me invaden la mente junto con los recuerdos de la noche que pasamos juntos. Quiero que Yulia sufra, pero la idea de que unos guardias rusos a los que no les pongo cara abusen de ella despierta en mí algo oscuro y horrible.

—No me importan vuestras autorizaciones. —Me obligo a mantener la voz calmada al acercarme a la cámara—. Lo que vas a hacer es remitirla bajo nuestra custodia. Ese es el trato si quieres continuar con nuestra relación de negocios.

Se queda mirándome y sé que se lo está pensando, preguntándose si estoy de farol. Lo estoy, porque Esguerra no ha autorizado nada de esto, pero Buschekov no tiene por qué saberlo. Para el oficial ruso represento a la organización de Esguerra y estoy a punto de acabar con lo que ha sido una asociación beneficiosa para ambos.

—No sería bueno para vosotros, ¿sabes? —dice Buschekov finalmente—. No os beneficiaría ir en contra de nosotros.

—Puede que no. —No parpadeo ante su no tan

velada amenaza—. O puede que sí. Los enemigos de Esguerra rara vez acaban bien.

Con esto me refiero a Al-Quadar, que ha sido diezmado desde nuestro regreso. Llevamos unos meses en guerra con el grupo terrorista, desde que intentaron obtener un explosivo de Esguerra secuestrando a Nora. Sin embargo, las cosas se han intensificado desde que volvimos de Tayikistán: hemos ido tras los proveedores de los terroristas, sus financieros y sus parientes lejanos; nadie que estuviese remotamente conectado al grupo terrorista ha podido escapar de nuestra ira. El número de muertos asciende a cuatrocientos y los servicios de inteligencia lo han notado.

Buschekov se queda callado durante unos tensos segundos y me pregunto si se ha dado cuenta de que es un farol. Pero, de pronto, dice:

—De acuerdo. Os la enviaremos en un mes.

—No. —Sostengo la mirada de Buschekov mientras la mujer traduce mis palabras—. Antes. Vamos a enviar un avión para recogerla mañana.

—¿Qué? No, eso es…

—Es tiempo suficiente para tenerlo todo listo —digo interrumpiendo a la intérprete—. Recuerda: queremos a la chica y los archivos. Créeme, no quieres decepcionarnos.

Antes de que pueda protestar, cuelgo la videollamada.

~

A LA MAÑANA SIGUIENTE ENTRENO CON ESGUERRA Y EL resto del equipo como es habitual. Al igual que yo, Esguerra casi ha vuelto a la normalidad, ya que les ha dado una paliza a nuestros tres nuevos reclutas. Yo, como aún no tengo la pierna recuperada por completo, me limito a boxear y a hacer prácticas de tiro al blanco, envidiándole al ver que él si puede pelear sin problemas.

Mientras abandonamos el área de entrenamiento, le informo de las últimas novedades de Peter Sokolov. Resulta que el ruso se las ha apañado para conseguir que Esguerra le diera la lista y ahora está acabando con las personas que salían en ella una a una, eliminándolas sistemáticamente.

—Ha habido otro golpe en Francia y dos más en Alemania —le digo a Esguerra mientras me limpio el sudor de la cara con una toalla. En esta zona de Colombia, cerca de la Amazonia, siempre hace calor y hay humedad—. Se ve que no está perdiendo el tiempo.

—Sabía que no lo haría —dice Esguerra—. ¿Cómo lo ha hecho esta vez?

—Al francés se lo encontraron flotando en un río, tenía marcas de haber sido torturado y estrangulado por lo que supongo que Sokolov lo secuestraría primero. A uno de los alemanes le pusieron un coche bomba, al otro le disparó un francotirador —digo sonriendo—. Puede que estos no le cabrearan tanto.

—O, simplemente, aprovechó la oportunidad.

—También —digo dándole la razón—. Probablemente sepa que la Interpol le pisa los talones.

—Seguro que sí. —Esguerra parece distraído, así que decido que es un buen momento para comentarle la situación con Yulia.

—Por cierto —digo, manteniendo mi tono de voz casual—, he pedido que traigan a Yulia Tzakova desde Moscú.

Esguerra se para y me mira:

—¿La intérprete que nos vendió a los ucranianos? ¿Por qué?

—Quiero interrogarla personalmente —le explico mientras me cuelgo la toalla al cuello—. No confío en que los rusos hagan un buen trabajo.

Esguerra entrecierra los ojos y su prótesis ocular parece inquietantemente real.

—¿Es porque te la follaste aquella noche en Moscú? ¿De eso se trata?

Una ola de ira me hace apretar la mandíbula.

—Fue ella la que me jodió. Literalmente. —Hasta ahí me siento cómodo admitiendo—. Así que, sí, quiero ponerle las manos encima a esa pequeña zorra. Pero también creo que puede tener información que nos resulte útil.

O, por lo menos, espero que la tenga, porque así podría justificar la obsesión enfermiza que tengo con ella.

Esguerra estudia mi expresión durante un segundo y después asiente.

—En ese caso, adelante. —Continuamos caminando y me pregunta—: ¿Ya lo has negociado con los rusos?

Asiento.

—Al principio me dijeron que solo negociarían con Sokolov, pero les convencí de que no sería muy inteligente por su parte estar en tu contra. Buschekov cambió de idea cuando le recordé los recientes altercados en Al-Quadar.

—Bien. —Esguerra parece claramente complacido. En el mundo del tráfico ilegal de armas la reputación lo es todo y el hecho de que los rusos cedan es una buena señal para nuestras relaciones con clientes y proveedores.

—Sí, nos viene bien —digo antes de añadir que llegará aquí mañana.

Esguerra levanta las cejas.

—¿Dónde piensas tenerla? —pregunta. Que no cuestione mi iniciativa es una prueba de su confianza en mí; desde que le salvé la vida en Tailandia me ha dado mucha libertad.

—En mi habitación —le digo—. La interrogaré allí.

Sonríe, haciéndome ver que sabe a lo que me refiero.

—Muy bien. Disfrútalo.

—Oh, lo haré —digo con un tono grave—. Tenlo por seguro.

Literalmente cuento las horas que quedan para que Yulia se suba al avión. Me planteé volar hasta Moscú para recogerla, pero, después de pensarlo un poco, decidí enviar a Thomas, un antiguo piloto de la armada, y a otros hombres de confianza. Habría sido raro si hubiese ido yo, ya que al ser segundo comandante de Esguerra se me necesita en la finca, no en tareas menores como la recuperación de una espía.

—Si hay algún problema, házmelo saber de inmediato —le digo a Thomas, aunque estoy seguro de que no lo habrá.

En menos de veinticuatro horas, Yulia Tzakova estará aquí.

Será mi prisionera y nadie la salvará de mí.

15

ulia

La pesada puerta de metal situada al final del pasillo produce un sonido metálico que hace que me sobresalte, respondiendo a ese sonido como si se tratase de una descarga eléctrica, condicionada por lo que va a ocurrir después.

Vienen a por mí otra vez.

Empiezo a temblar, otro acto reflejo. Por mucho que quiera seguir siendo fuerte están empezando a acabar conmigo, destrozándome poco a poco. Cada extenuante interrogatorio, cada pequeña o gran humillación, cada día que se convierte en noche mientras estoy aquí, sentada, sin comida y sin poder dormir, se combina y debilita cada vez más mi fuerza de voluntad. Sé que esto es solo el principio, porque Buschekov insinuó muchas más cosas la última vez que me tuvo en aquella sala con espejos.

Me siento encima del catre con la intención de controlar la respiración y me tapo con una manta fina y sucia. Puede que fuera de la prisión sea mayo, pero dentro sigue siendo invierno. El frío aquí es eterno, capaz de penetrar en las paredes de piedra gris y en las barras de metal oxidado y de colarse entre las grietas del suelo y del techo. No hay ninguna ventana, por lo que el sol nunca calienta las celdas. Vivo dentro de un gris fluorescente y las frías paredes que me rodean se estrechan cada día un poco más.

Pasos.

Al escucharlos, meto los pies envueltos en calcetines dentro de las botas. Los calcetines están sucios, al igual que el mono que llevo puesto. Llevo sin ducharme tres semanas y, sin duda, apesto; son esas pequeñas humillaciones pesadas para deshumanizarme.

—Yulechka... —Esa familiar voz cantarina me hace temblar aún más. Igor es el guardia al que más odio, el que tiene las manos más largas y el aliento más asqueroso. Incluso teniendo cámaras por todos los rincones, consigue encontrar oportunidades para tocarme y hacerme daño—. Yulechka... —repite acercándose a la celda, y puedo ver el regocijo en los pequeños y brillantes ojos marrones. Usa la forma más familiar de mi nombre, la que generalmente usarían los padres u otros miembros de la familia como una palabra que refleja cariño y ternura, pero en sus gruesos labios tiene un tono sucio y pervertido, como si fuese un pedófilo hablándole a un niño—. ¿Estás lista, Yulechka? —Alcanza la cerradura de la puerta de la celda mientras me mira.

Lucho contra el impulso de pegarme a la pared. Mejor opto por levantarme y tirar la manta, ya que aprovecha cualquier excusa para ponerme las manos encima y prefiero no darle ninguna oportunidad. Me acerco a los barrotes y me quedo ahí, esperando mientras me da un vuelco al estómago debido a las náuseas.

—Quieren que salgas otra vez —dice mientras me coge del brazo. Casi vomito cuando me agarra de la muñeca, con esos dedos rechonchos y pegajosos rozándome la piel. Cierra de golpe las esposas sobre esa muñeca y entonces me agarra del otro brazo, acercándose—. He escuchado que no vas a volver por aquí —susurra y siento cómo su mano me agarra el culo, introduciendo dolorosamente los dedos en la raja —. Es una pena. Te echaré de menos, Yulechka.

Me sube el vómito por la garganta cuando huelo su aliento, una mezcla de olor a cigarrillos rancios y a dientes podridos. Resisto con todas mis fuerzas para no apartarme de él. Rebelarme significa que me tocará aún más, lo sé por experiencia. Así que me quedo ahí, esperando a que me suelte. No va a violarme, de esa humillación me he librado gracias a las cámaras, por lo que lo único que tengo que hacer es quedarme quieta y no vomitar.

Así, unos segundos después, me esposa la otra

muñeca y se retira, con una expresión de decepción que le oscurece los rasgos.

—Vamos —dice bruscamente agarrándome por el codo mientras inhalo una bocanada de aire que no ha sido intoxicado por su hedor, rezando para que mi estómago se calme. Ya vomité una vez, cuando me dieron de comer una carne grasienta después de no alimentarme durante tres días; al acabar me hicieron limpiar el vómito con la manta que está en el catre.

Para mi alivio, las náuseas van desapareciendo a medida que Igor me arrastra por el pasillo. Entonces asimilo lo que acaba de decir.

«No vas a volver».

¿Qué quiere decir? ¿Van a moverme a otra instalación o por fin han decidido que no merece la pena intentar sacarme información? ¿Van a ejecutarme? ¿Es eso lo que Buschekov insinuó cuando dijo que estaban a punto de darle una nueva autorización?

Se me acelera el pulso y otra oleada de náuseas recorre mi interior. No estoy preparada para esto. Pensaba que lo estaba, pero ahora que ha llegado el momento quiero vivir.

Quiero vivir para ver a Misha.

A no ser que les dé a los rusos lo que quieren, no volveré a ver a Misha.

La hermana de Obenko y su familia se verán obligados a esconderse, y mi hermano irá con ellos. La vida feliz de Misha se acabará y será culpa mía.

«No». Mi determinación vuelve.

Es mejor que muera.

Por lo menos así podré salir de este agujero de una vez.

A PESAR DE MI DETERMINACIÓN, SIENTO LAS PIERNAS como si estuvieran hechas de gelatina cuando Igor me lleva por un pasillo que no conozco. Nos alejamos de la sala de interrogatorios, lo que significa que el guardia no mentía.

Hoy va a pasar algo diferente.

—Por aquí —dice Igor, arrastrándome hacia una serie de puertas dobles. Se abren al acercarnos y parpadeo por el repentino torrente de luz cegadora.

Luz solar.

Noto la luz caliente y pura sobre la piel, una sensación muy distinta a las luces frías y fluorescentes de la prisión. El aire que entra por las puertas también es diferente: es más puro, lleno de los olores de una ciudad en primavera que para nada reflejan desesperación y sufrimiento.

—Aquí la tenéis —dice Igor empujándome, haciendo que atraviese las puertas y, para mi sorpresa, una voz de mujer con acento ruso repite sus palabras en inglés.

Mientras lucho contra esta claridad abrumadora entrecerrando los ojos, giro la cabeza y veo a una mujer de mediana edad de pie al lado de cinco hombres en un patio estrecho; detrás de ellos hay una gruesa pared con alambre de espino en la parte más alta, junto con algunos guardias.

—¿Quién eres? —le pregunto a la mujer en inglés, pero no me responde. En su lugar, se gira para mirar a uno de los hombres: un hombre alto y delgado que parece ser su jefe.

—Ya puedes irte, gracias —le dice él, hablando en inglés americano sin acento, y entonces me doy cuenta de que debe ser una intérprete.

Asiente y avanza deprisa hacia una verja situada al otro extremo del patio. El hombre se acerca a mí y veo cómo una expresión de repugnancia le cruza el rostro. Seguro que ha olido la gran cantidad de duchas que me faltan.

—Vamos —dice agarrándome por el brazo y apartándome de Igor.

—¿A dónde me lleváis? —Intento mantenerme tranquila. Esto no es para nada lo que esperaba. ¿Qué querrán los americanos de mí? A no ser que… ¿Podrían estar con…?

—A Colombia —dice el hombre, confirmando mis peores pesadillas—. Julian Esguerra solicita tu presencia.

Y, antes de que pueda asimilar este nuevo golpe, me arrastra hacia la verja.

~

NO SÉ EN QUÉ MOMENTO EMPIEZO A LUCHAR; SI ES cuando ya hemos pasado las puertas de la prisión o cuando nos acercamos a la furgoneta negra. Lo que sí sé es que una bestia se despierta en mi interior e intento golpear con todas las fuerzas que me quedan al hombre que me sujeta.

No tenía ni idea de que el traficante de armas pudiera estar vivo y, llegados a este punto, no me importa. Al animal asustado que reside dentro de mí solo le importa el poder evitar el terrible tormento que me espera al final de este viaje. He leído el archivo de Esguerra y he escuchado los rumores. No es solamente un hombre de negocios despiadado.

También es un sádico.

Como tengo las manos esposadas, uso los pies para darle una patada en la rodilla al jefe, agacharme y girar a la vez, haciendo que deje de sujetarme el brazo. Suelta un grito maldiciendo, pero yo ya estoy rodando por el suelo y alejándome de los cinco hombres. Obviamente, no llego muy lejos. Me alcanzan en menos de un segundo y dos hombres enormes me inmovilizan contra el suelo, haciendo que me ponga en pie después. Sigo luchando contra ellos; les doy patadas, les muerdo y les grito mientras me empujan al fondo de la furgoneta. Justo cuando las puertas se cierran y la furgoneta arranca dejo de resistirme, cansada y temblorosa. Jadeo agitadamente y parece que el corazón se me va a salir del pecho de lo rápido que late.

—Hija de puta, cómo apesta —murmura el hombre que me sujeta, haciendo que me ardan las mejillas por la vergüenza; como si fuese culpa mía que me hayan convertido en esta criatura asquerosa.

Más tarde me amordazan, seguramente para evitar que grite otra vez. Me esposan las muñecas a los tobillos y después me arrojan a una esquina de la furgoneta, sentándome a unos metros de ellos. Solo me tocan para eso y, cuando, después de unos minutos, mi pánico ciego desaparece, empiezo a pensar de nuevo.

Julian Esguerra quiere que vuelva con él, lo que significa que no murió en el ataque del misil. ¿Cómo es posible? ¿Me mintió Obenko o, simplemente, Esguerra tuvo mucha suerte? Y si el traficante de armas ha sobrevivido, ¿qué habrá pasado con el resto de la tripulación?

¿Qué habrá pasado con Lucas Kent?

Siento una punzada en el pecho bastante familiar al pensar en su nombre. Solo le conozco de esa noche, pero aun así he estado afligida y le he llorado en los fríos confines de mi celda. ¿Es posible que esté vivo? Y, si lo está, ¿lo veré de nuevo?

¿Será él quien me torture?

No. Cierro los ojos con fuerza. No puedo pensar en eso ahora. Tengo que tomarme las cosas con calma, paso a paso, tal y como hacía en la sala de interrogatorios. Probablemente las siguientes horas serán las últimas que pase sin experimentar un dolor intenso, si no son las últimas horas de mi vida; no puedo desperdiciar este preciado tiempo preocupándome por el futuro.

No puedo malgastarlo pensando en un hombre que probablemente esté muerto.

Así que, en lugar de pensar en Lucas Kent, pienso

en mi hermano otra vez. Pienso en su alegre sonrisa y en la manera en la que me abrazaba con sus diminutos y regordetes brazos cuando era pequeño. Tenía ocho años cuando nació y a mis padres les preocupaba que me molestara la intrusión de un bebé recién nacido en nuestra familia, que estaba muy unida. Pero no fue así. Me enamoré de Misha desde que lo conocí en el hospital y lo cogí por primera vez y, al sentir lo pequeño que era, supe que mi trabajo era protegerle.

«Es muy bonito que Yulia quiera tanto a su hermano», les decían a mis padres sus amigos. «Mirad qué bien cuida de él. Algún día será una madre maravillosa».

Mis padres asentían, mirándome rebosantes de alegría, y yo me esforzaba el doble en ser una buena hermana, en hacer todo lo posible para asegurarme de que mi hermanito estaba sano, era feliz y estaba a salvo.

La furgoneta se detiene, sacándome de mis pensamientos; entonces me doy cuenta de que hemos llegado y me sacude el pánico.

—Vamos —dice el líder del grupo cuando se abre la puerta de la furgoneta y veo que estamos en una pista de aterrizaje delante de un avión privado de la marca Gulfstream. No puedo andar con las muñecas esposadas a los tobillos, así que el hombre que se estaba quejando antes de mi olor me lleva de la furgoneta al avión, cuyo interior es lo más lujoso que he visto nunca.

—¿Dónde quiere que la ponga? —le pregunta al líder; y veo que tienen un dilema. Los amplios asientos de la cabina están tapizados con piel color crema, igual que el sofá junto a la mesita de café. Aquí todo está limpio y cuidado, menos yo.

—Ahí —responde, señalando un asiento bajo la ventana—. Diego, cúbrelo con una manta.

Un hombre de pelo negro asiente y desaparece en la parte trasera del avión. Vuelve un minuto más tarde con lo que parece ser una sábana; la coloca sobre el asiento y el hombre que me sostiene me deja allí.

—¿Quiere que le quitemos la mordaza y las esposas? —le pregunta al jefe, y el hombre delgado niega con la cabeza.

—No. Deja que la muy zorra se siente así, que aprenda la lección.

Al decir eso, se alejan; y me dejan mirando por la ventana e intentando no pensar en lo que me espera cuando aterrice el avión.

16

ulia

—Venga, vámonos. —Unas manos ásperas me levantan del asiento y me despiertan de golpe de un sueño inquieto—. Hemos llegado.

«¿Llegado?». Se me acelera el corazón al darme cuenta de que ya hemos aterrizado. Debo haberme quedado dormida en algún momento durante el vuelo. El cansancio debe haberle ganado la batalla a la ansiedad.

Es otro hombre el que me lleva ahora, el líder lo llamó Diego. La manera en que me agarra no es especialmente delicada cuando me sujeta contra el pecho. Sin embargo, me alegro de que no me hagan caminar. Después de pasar todo el vuelo con los tobillos y las muñecas esposados, no estoy segura de que tenga preparados los músculos doloridos para hacerlo. Eso sin mencionar que estoy tan hambrienta que me siento mareada y con náuseas. Me han quitado la mordaza para darme un poco de agua a mitad del vuelo, pero no se han molestado en darme de comer.

En cuanto Diego sale del avión, me inunda una ola de humedad, haciéndome sentir como si hubiera entrado en unas termas rusas, o a lo mejor en una selva tropical. Esta última opción es quizá la mejor comparación por la cantidad de árboles cubiertos de hiedra que rodean la pista de aterrizaje.

A pesar del terror que me recorre las venas, estoy maravillada ante la vegetación que me rodea. Me encanta la naturaleza, siempre me ha encantado, desde que era pequeña, y este sitio me atrae de todas las maneras posibles. El aire puro está cargado con el aroma de la vegetación tropical, los insectos zumban en la hierba y el sol brilla a pesar de que hay algunas nubes en el cielo. Durante un par de minutos de felicidad, siento como si estuviera en el paraíso.

Entonces oigo un coche acercarse y me doy de bruces contra la realidad.

El propietario de este paraíso va a torturarme y matarme.

Noto un nudo en el estómago vacío. No quiero dejarme llevar por el miedo, pero no puedo evitar que el temor me recorra el cuerpo cuando el coche, un todoterreno negro, se para frente al avión.

De la puerta del conductor sale un hombre alto, de

hombros anchos, el sol brilla sobre su pelo corto de color claro.

Se me corta la respiración mientras fijo los ojos en sus duras facciones.

Lucas Kent.

Está vivo.

Sus ojos claros me sostienen la mirada y el mundo se desenfoca a mi alrededor, se desvanece. Me olvido del hambre y de la incomodidad, de las esposas que me aprisionan a mí y a mi miedo por el futuro.

Lo único de lo que soy consciente es de la irracional y cruel alegría que siento porque Lucas esté vivo.

Empieza a andar hacia mí y me obligo a respirar de nuevo. Es más grande todavía de lo que recordaba, tiene los músculos de los hombros anchos y fuertes. Ataviado con una camiseta de camuflaje sin mangas y pantalones desgastados, con un rifle de asalto colgándole sobre el pecho, parece exactamente lo que es: un despiadado mercenario trabajando para un profesional del crimen.

—Yo me encargo a partir de ahora, Diego —dice acercándose a mí y empiezo a temblar cuando hace el amago de cogerme, desviando la mirada de la mía. Diego me entrega sin mediar palabra y mi temblor se intensifica en cuanto siento de nuevo las manos de Lucas sobre mí, su contacto me quema a través del basto tejido del mono carcelario.

Dando un paso atrás, se da la vuelta y empieza a llevarme hacia el coche, sujetándome con fuerza contra el pecho. No muestra ningún tipo de repulsión hacia mi falta de higiene y siento un escalofrío mientras el calor que desprende se filtra hacia mi interior, derritiendo algo del frío que seguía teniendo dentro. Debería estar aterrada, pero siento esa sensación de nuevo, esa atracción irracional que solo he experimentado con él. A la vez, noto una presión en las sienes, y me escuecen los ojos como si estuviera a punto de llorar.

«Vivo. Está vivo».

No parece real. Nada de esto parece real. Mi realidad es una celda gris y apestosa en una cárcel rusa. Mi realidad son las manos repulsivas de Igor y la sala de interrogatorios con espejos de Buschekov. Es hambre, sed, anhelo; anhelo de la vida que perdí cuando el coche de mis padres patinó sobre el hielo, del hermano que solo vi en fotos y del hombre que conocí durante un solo día.

Del hombre que creía que había matado… el que me sostiene en este momento.

¿Será un sueño? ¿Un sueño creado por mi mente exhausta y exenta de sueño? Quizá incluso estoy inconsciente sobre la mesa de interrogatorios con esa chirriante alarma a punto de devolverme de golpe a la consciencia.

La cara de Lucas se difumina ante mí y me doy cuenta de que estoy llorando. Se me llenan los ojos de grandes y horribles lágrimas que acaban derramándose por las mejillas. Automáticamente me las intento secar, avergonzada, pero no alcanzo debido a que tengo todavía las manos esposadas a los tobillos. El movimiento acaba siendo brusco y torpe, y veo cómo la cara de Lucas se pone rígida cuando me mira.

—Hija de puta —dice en un tono tan bajo que casi no puedo oírlo—. ¿Crees que puedes manipularme con lágrimas?

Me sujeta más fuerte, cogiéndome con más firmeza y severidad cuando se para frente al todoterreno y me lanza una mirada, como si estuviera esperando una respuesta. Cuando no le doy ninguna, se le endurecen aún más las facciones.

—Vas a pagar por lo que hiciste —promete con voz furiosa—. Vas a pagar por todo.

Y, de este modo, me empuja a través de la puerta abierta del coche y me lanza sobre el asiento trasero. En cuanto mi espalda choca con el cuero mullido, sé que estaba equivocada.

Esto no es un sueño

Es una pesadilla.

El trayecto dura solo unos minutos. Lucas conduce en silencio, sin decirme nada más, y utilizo el tiempo para recomponerme. De alguna manera, pensar en su amenaza me ayuda a retener las lágrimas. Mi inesperada alegría se está convirtiendo en un miedo gélido mientras proceso el hecho de que Lucas Kent está vivo, y que será, en efecto, el que me hará pagar por lo que hice.

¿Significa eso que el avión sí se estrelló? Si es así,

¿cómo sobrevivieron Esguerra y él? Quiero preguntárselo a Lucas, pero no me atrevo a romper el silencio, no cuando siento su furia flotando en el ambiente como una malévola fuerza esperando a ser desatada. Se ha quitado el arma y la ha dejado en el asiento del copiloto, pero eso no disminuye el halo de amenaza que desprende.

Puede matarme con sus propias manos si así lo desea.

Cuando el coche sale de la zona boscosa, veo una gran casa blanca en la distancia. Está rodeada por cuidados campos verdes que contrastan con la incontrolable selva que hemos dejado atrás. Más allá, a una docena de metros, veo torres de vigilancia. La imagen no me sorprende, la ficha de Esguerra decía que su finca en Colombia estaba altamente fortificada a pesar de su apartada localización al borde de la Amazonia.

No vamos a la casa grande, sino que damos la vuelta y nos dirigimos, a través de la selva, hacia un grupo de casas más pequeñas y edificios cuadrados de una sola planta. Me doy cuenta de que debe ser donde viven los guardias y el resto de la gente de Esguerra cuando veo a hombres armados y, de vez en cuando, a alguna mujer, saliendo y entrando de las viviendas.

El coche se detiene frente a una de las casas individuales, la que tiene un porche delantero, y Lucas sale dejando el arma dentro. Cierra con fuerza la puerta a sus espaldas y me encojo, intentando no ceder ante la ansiedad que me ahoga. Siento el miedo espeso y amargo en la garganta. De alguna manera, es peor saber que será Lucas el que me haga esas cosas horribles, que será él el que me arranque las uñas o me corte trocito a trocito. Es peor porque hubo momentos, en esa cárcel de Moscú, en los que solía imaginarme que estaba con él, en los que fantaseaba con que él me cogía y yo me sentía segura entre sus brazos.

Lucas rodea el coche y abre la puerta trasera. Metiéndose dentro, me agarra y tira de mí hacia fuera, sin mediar palabra, mientras me sujeta contra el pecho y cierra la puerta con el pie de un portazo. Me sujeta de forma firme y severa, y sé que esto es solo el principio.

Mis fantasías están a punto de romperse bajo el peso de la realidad.

Me lleva por las escaleras del porche, caminando sin esfuerzo, como si yo no pesara nada. Su fuerza es formidable, aunque no haya seguridad en ella. Al menos, no para mí. Quizá para alguna mujer en el futuro, alguien a quien quiera cuidar y proteger.

Alguien a quien no odie tanto como me odia a mí.

Cuando abre la puerta principal y se gira para poder pasar por ella, veo de reojo caras curiosas que nos miran desde la calle. Hay algunos hombres y una mujer de mediana edad y, por un absurdo momento, me siento tentada a pedirles ayuda, a suplicarles que me salven. La idea se disipa tan rápido como aparece. Estas personas no son inocentes transeúntes, son los empleados de un sádico contrabandista de armas y son cómplices absolutos del destino que se cierne sobre mí.

Así que me mantengo en silencio mientras Lucas me lleva al interior de la casa y, de nuevo, cierra la puerta con el pie. No me mira, así que aprovecho la oportunidad para estudiarle, especialmente la marcada mandíbula. Sigue furioso, la ira radia de él como el calor de una llama. Esto hace que me pregunte por qué está tan enfadado. Seguro que este tipo de cosas, torturar a los enemigos de Esguerra, es una rutina para él. Habría esperado fría indiferencia, no furia volcánica.

Pensándolo bien, tendría sentido que me hubiera llevado a algún almacén o a un cobertizo, a algún sitio que no le importara manchar de sangre y de diversos fluidos corporales. Sin embargo, me encuentro en una casa residencial, aunque con los muebles básicos. Un sofá negro de cuero, una televisión de pantalla plana, una alfombra gris y paredes blancas. La habitación que atravesamos no es lujosa, pero salta a la vista que no es una cámara de tortura. ¿Será la casa de Lucas? Y, si lo es, ¿por qué estoy aquí?

No tengo tiempo para pensar demasiado en ello porque me lleva a un amplio baño blanco. Hay una bañera grande, una ducha con puertas de cristal y un lavabo junto a un inodoro.

Definitivamente no es una cámara de tortura.

—¿Por qué me has traído aquí? —digo con voz ronca y áspera por la falta de uso. No he hablado desde que los hombres de Esguerra ahogaron mis gritos en Moscú—. Es tu casa, ¿verdad?

Los músculos de la mandíbula de Lucas se tensan,

pero no responde. En su lugar, me lleva a la ducha, me deja sobre el suelo de baldosas y saca una llave. Cogiendo mis esposas, las abre y las separa de las de los tobillos. Entonces me levanta del suelo de un tirón.

—Necesitas una puta ducha —dice bruscamente—. Desnúdate. Ya.

Me flaquean las rodillas y siento los músculos de las piernas incapaces de aguantar el repentino dolor que me produce mantenerme en pie, aunque agradezco poder poner al fin recta la dolorida espalda. Me da vueltas la cabeza por culpa del hambre crónica y el agotamiento y, gracias a que Lucas me está sujetando del brazo, no me desplomo otra vez en el suelo.

«¿Una ducha? ¿Quiere que me dé una ducha?». Antes de que pueda procesar la extraña orden, deja escapar un ruido de impaciencia y agarra la cremallera del mono, bajándola bruscamente.

—Espera, yo puedo... —Trato de coger la cremallera con la mano temblorosa, pero es demasiado tarde. Lucas me hace girar, aplastándome la cara contra el cristal de la ducha y tira del mono hacia abajo hasta las rodillas, dejándome solo con unas bragas anchas de talle alto y un sujetador deportivo dado de sí, la única ropa interior que me permitían llevar en la cárcel. En un segundo me arranca ambos y me hace girar de nuevo para que le mire.

—No me hagas decirlo dos veces. —Me agarra con fuerza la mandíbula mientras me sujeta del brazo con la otra mano—. Harás lo que yo diga, ¿lo entiendes? —Le brillan los ojos por algo más que una fría furia.

Lujuria.

Aún me desea.

Me palpita el corazón a un ritmo furioso al darme cuenta de que estoy desnuda ante él. Debería habérmelo esperado, pero, por alguna razón, no lo hice. En mi cabeza, lo que pasó entre nosotros era totalmente independiente del castigo que está a punto de infligirme. Tenía que haber sido más lista.

Para hombres como Lucas Kent, la violencia y el sexo van de la mano.

—¿Lo entiendes? —repite, clavándome los dedos en la mandíbula, por lo que parpadeo afirmativamente, el único movimiento que soy capaz de hacer. Al parecer, es suficiente porque me suelta y da un paso atrás.

—Lávate —ordena, saliendo del plato de ducha y cerrando las puertas de cristal tras él—. Tienes cinco minutos.

Cruzando los brazos sobre el pecho enorme, se apoya contra la pared y se queda mirándome, esperando.

17

ucas

Le tiembla el cuerpo mientras alarga la mano hacia el grifo y veo el esfuerzo que le supone cada movimiento. Está débil y delgada, infinitamente más frágil que la última vez que la vi, y que eso me moleste me enfada todavía más.

Esperaba sentir lujuria y odio, incluso regocijarme en su sufrimiento mientras me saciaba con su cuerpo de mentirosa. Pensaba tratarla como un juguete sexual hasta que se disipara mi obsesión y entonces hacer todo lo necesario para averiguar quiénes son las personas que mueven los hilos tras ella.

No conté con esta criatura pálida y desaliñada ni con cómo me haría sentir verla así.

¿Querían matarla de hambre? Eso parece, porque puedo ver todas y cada una de sus costillas. Tiene el estómago hundido, las caderas demasiado marcadas y las extremidades preocupantemente delgadas. Aunque ya era delgada antes, parece haber perdido, en los últimos dos meses, por lo menos seis kilos.

Se las arregla para abrir el grifo y me obligo a mantenerme tranquilo cuando se agacha para coger el champú. No me está mirando, tiene puesta toda la atención en la tarea y siento una ola de rabia, mezclada con deseo y con ese otro sentimiento extraño.

Algo que se parece demasiado a la necesidad de protegerla.

«Joder». Aprieto los dientes, decidido a resistir esta extraña necesidad de entrar en la ducha y apretarla contra mí. No para follármela, aunque mi cuerpo esté deseándolo, sino para abrazarla.

Para abrazarla y consolarla.

Enfurecido, cambio de posición contra la pared viendo cómo empieza a enjabonarse el pelo. A pesar de la delgadez extrema, su cuerpo es grácil y femenino. Tiene los pechos más pequeños que antes, pero siguen estando sorprendentemente grandes, con rosados pezones que se yerguen bajo el chorro de agua. Puedo ver pelo rubio y suave entre las piernas. Después de casi dos meses sin afeitarse ni hacerse la cera, su coño debe haber vuelto a su estado natural. Medio excitado por haberla desvestido, me empalmo del todo y me imagino entrando en la ducha, bajándome la cremallera de los pantalones e introduciéndome en su cálida estrechez sin preliminares. Tomarla sin más, como el juguete sexual que pretendía que fuera.

No hay nada que no me permita hacerlo. Es mi prisionera. Puedo hacer lo que quiera con ella. Nunca he forzado a una mujer, pero tampoco había deseado y odiado a una al mismo tiempo. ¿Sería follármela tan malo como rebanarle la delicada piel para hacerla hablar?

No lo sería. Puedo hacerle daño de la forma que quiera.

Aunque hacerle daño no es lo que quiero ahora mismo. La violencia que se agita en mi interior no está dirigida a ella, sino a quienes le han hecho daño. Cuando vi que Diego la sujetaba con el pelo largo cayéndole lacio y sin vida alrededor de la cara pálida, sentí una furia sin igual. Y, cuando empezó a llorar, necesité toda mi fuerza de voluntad para no abrazarla y prometerle que nadie le volvería a hacer daño.

Ni siquiera yo.

Esa necesidad me volvió loco en ese momento y lo sigue haciendo. No me cabe duda de que la perra sabía lo que estaba haciendo con esas lágrimas, igual que supo cómo sacarme información aquella noche en Moscú. Su frágil apariencia es solo eso: una apariencia. El exterior de rubia preciosa esconde una agente entrenada, una espía que tiene tanta habilidad con los juegos mentales como con los idiomas.

—Se han terminado los cinco minutos —digo, incorporándome para separarme de la pared. Ya se ha lavado el pelo y el cuerpo, y solo está bajo el agua con los ojos cerrados y la cabeza echada hacia atrás—. Sal —digo con una voz dura que no refleja la confusión que siento por dentro.

No dejaré que juegue conmigo de nuevo.

Se sobresalta ante mis palabras, abre los ojos de golpe y corta el agua de la ducha. Sigue temblando, aunque no tan violentamente como antes, y me pregunto cuánto será verdadera debilidad y cuánto simple teatro.

Abriendo la puerta de la ducha, cojo una toalla y se la lanzo.

—Sécate.

Obedece, secándose primero el pelo y, luego, el cuerpo. Mientras lo hace me fijo en los moratones que le cubren las piernas y el tórax y en las ojeras azuladas bajo los ojos cansados.

Joder. No pueden ser falsos.

—Ya está bien. —Reprimiendo la ilógica ola de pena, le arranco la toalla de las manos y la cuelgo del gancho—. Vamos.

Me suplica con la mirada cuando la agarro del brazo, pero ignoro el ruego mudo, sujetándola innecesariamente fuerte. No puedo dejarme llevar por esta debilidad, por esta obsesión que parece estar fuera de control.

Tropieza cuando tiro de ella hacia el umbral de la puerta y me paro para recogerla, diciéndome que será más fácil llevarla en brazos que intentar tirar de ella. Cuando la levanto para apoyarla contra mí, noto la suave presión de sus pechos y el aroma a limpio que desprende, mezclado con la esencia del gel. El deseo me recorre el cuerpo de nuevo, haciéndome olvidar su peso demasiado ligero, y le doy la bienvenida. Esto es precisamente lo que necesito: desearla y nada más. Y, para eso, no puedo dejar que sea un frágil y patético esqueleto.

La necesito más fuerte.

Mi destino era el dormitorio, pero cambio la trayectoria hacia la cocina. Tiene la respiración acelerada, probablemente por el miedo, pero no opone resistencia. Sin duda se da cuenta de que no tendría sentido en el estado de debilidad en que se encuentra.

Cuando llegamos a la cocina, la dejo en una silla y doy un paso atrás. Inmediatamente, encoge las piernas contra el pecho, tapándose gran parte del cuerpo desnudo. Al mirarme, los ojos grandes se le llenan de miedo y el pelo mojado se le queda pegado a los hombros y la espalda.

—Vas a comer —le digo, acercándome al frigorífico. Lo abro y saco pavo, queso y mayonesa y coloco todo sobre la encimera al lado del pan. Mientras hago el bocadillo, la vigilo para cerciorarme de que no está intentando hacer nada, y efectivamente, no lo está haciendo. Solo está ahí sentada, mirando con cautela cómo unto la mayonesa en el pan, le añado unas lonchas de queso y pavo y lo coloco todo en un plato.

—Come —le ordeno, poniendo el plato frente a ella.

Se humedece los labios con la lengua.

—¿Podría beber un poco de agua, por favor?

Claro, debe tener sed también. Sin responderle, voy al fregadero, lleno un vaso de agua y se lo llevo.

—Gracias —dice en voz baja cuando acepta el vaso. Cierra los delgados dedos alrededor de este, rozando los míos en el proceso. Un escalofrió eléctrico me recorre el cuerpo ante el inesperado roce y, de nuevo, siento los pantalones demasiado apretados cuando la polla se me oprime contra la cremallera.

Mira hacia abajo un segundo antes de volver a centrarse en mi cara y veo que se le dilatan las pupilas. Es consciente de mi deseo y eso le asusta. La mano con la que está sujetando el vaso tiembla un poco mientras bebe y aprieta las piernas contra el cuerpo con el otro brazo.

Bien. La quiero asustada. Quiero que sepa que quizá desee su cuerpo, pero no tendré clemencia. No me podrá manipular nunca más.

Mientras bebe, me siento al otro lado de la mesa y me recuesto en la silla, juntando las manos tras la cabeza.

—Come, ya —le ordeno cuando baja el vaso, y obedece. Hunde los perfectos dientes blancos en el bocadillo sin esconder sus ganas.

A pesar de estar hambrienta, come despacio, masticando con cuidado cada bocado. Es un movimiento inteligente, no quiere ponerse enferma por comer mucho demasiado rápido.

—Bueno —digo cuando ya se ha comido un cuarto de la comida—. Entonces ¿cuál es tu verdadero nombre?

Se detiene en mitad de un mordisco y deja el bocadillo.

—Yulia. —Me sostiene la mirada sin pestañear.

—No me mientas. —Separo las manos y me echo hacia delante—. Una espía nunca utiliza su verdadero nombre.

—No he dicho que sea Yulia Tzakova. —Coge el bocadillo de nuevo y toma otro bocado antes de seguir explicándose—. Yulia es un nombre bastante común en Rusia y Ucrania y resulta que también es mi nombre real. Es la versión rusa de Julia.

—Ah. —Tiene sentido y estoy tentado a creerla. Es más fácil conservar parte de tu verdadera identidad cuando vas de incógnito—. Bueno, Yulia, ¿cuál es tu verdadero apellido?

—Mi apellido no importa. —Tuerce los suaves labios—. La chica a la que pertenecía ya no existe.

—Entonces no importará que me lo digas, ¿verdad? —Muy a mi pesar, estoy intrigado. Aunque no importe, quiero saber su apellido.

Quiero saberlo todo sobre ella.

Se encoge de hombros y toma otro bocado del bocadillo. Veo que no tiene intenciones de responderme.

Aprieto los dientes, recordándome que debo ser paciente. Los rusos no han sido capaces de sacarle nada útil en dos meses, así que no puedo hacerla hablar en solo una hora. La prioridad número uno es que coma y que recobre fuerzas. Las respuestas vendrán después. Se las sacaré como sea.

Por ahora, reviso mentalmente la información que Buschekov me envió sobre ella. No fueron capaces de descubrir mucho. Todo lo que ha reconocido es que tiene veintidós años, no veinticuatro como dice su pasaporte falso, y que nació en Donetsk, una de las zonas en guerra del este de Ucrania. El gobierno ucraniano se negó a reclamarla como una de los suyos, así que la organización para la que trabaja debe ser privada o estrictamente secreta. Su título en Lengua Inglesa y Relaciones Internacionales de la Universidad Estatal de Moscú parece ser real, hay registro de una Yulia Tzakova graduada hace dos años y Buschekov fue capaz de localizar a profesores y compañeros que verificaron su asistencia a clase.

¿La reclutaron los ucranianos en la universidad o la enviaron ellos ahí? No sería descabellado que hubiera estado trabajando para ellos desde la adolescencia. No se suele reclutar a agentes tan jóvenes, pero sí puede ocurrir.

—¿Cuánto llevas haciendo esto? —le pregunto cuando casi ha terminado el bocadillo. Ha recobrado un poco de color en las mejillas y parece menos temblorosa—. Espiando para Ucrania, me refiero.

En lugar de responder, Yulia toma un sorbo de agua, baja el vaso y me mira directamente.

—¿Puedo usar el baño, por favor?

Tenso las manos sobre la mesa.

—Claro, cuando respondas a la pregunta.

No parpadea.

—Lo he estado haciendo durante un tiempo —dice

después de un rato—. Ahora, ¿puedo mear en el inodoro? ¿O lo hago aquí?

La furia latente en mi interior se aviva y cedo ante ella. En un instante estoy a su lado, agarrándola del pelo y tirando de ella para levantarla. Lanza un grito de dolor, me agarra de la muñeca con las manos, pero no le doy la oportunidad de empezar una pelea. En menos de dos segundos, la tengo doblada sobre la mesa con el brazo torcido sobre la espalda y la cara apretada contra la superficie. El plato con las sobras del bocadillo resbala de la mesa y se estrella contra el suelo, pero me importa una mierda.

Va a aprender una lección importante ahora mismo.

—Dilo otra vez. —Me inclino sobre ella, atrapando su cuerpo desnudo bajo el mío. Oigo que respira rápida y superficialmente mientras la silueta de su culo me roza la entrepierna y se me endurece la polla cuando oscuras imágenes de sexo me inundan la mente. En esta posición, solo tengo que abrir la bragueta y estaré en su interior.

La tentación es casi insoportable.

—Desde que tenía once años —responde con voz débil y amortiguada contra la mesa—. Llevo en esto desde que tenía once.

«¿Once?». Sorprendido, la dejo libre y doy un paso atrás. ¿Qué tipo de agencia recluta a una cría?

Antes de que pueda procesar la información, se escurre de la mesa y se pone frente a mí.

—Por favor, Lucas. —Vuelve a tener la cara pálida y

le tiemblan los labios—. De verdad que necesito ir al baño.

«Joder».

La agarro del brazo.

—Tienes cinco minutos —le advierto cuando hacemos el camino de vuelta al baño—. Y no intentes encerrarte, tengo la llave.

Asiente y desaparece dentro del baño con el pelo medio seco cayéndole por la delgada espalda.

Negando con la cabeza vuelvo a la cocina para limpiar.

No quiero que se corte los pies descalzos con los trozos del plato roto.

18

ulia

Con las rodillas temblando, me derrumbo contra la puerta cerrada del baño e intento calmar mi agitada respiración. Lo que casi pasa en la cocina no debería haberme afectado tanto, pero se parecía demasiado al pasado, demasiado a la oscuridad de la que tanto he luchado por escapar. La posición, bocabajo e indefensa, con un hombre que pretende castigarme encima de mí, me ha resultado demasiado familiar y ha hecho que entre en pánico.

He vuelto a sentir el pánico de esa niña de quince años que creía haber enterrado.

Quizá no hubiera sido tan malo si fuera otra persona cualquiera. Podría haberme refugiado tras un muro de acero otra vez, el que me mantuvo en mi sano juicio antes. Si sintiera miedo y asco por Lucas, sería más fácil.

Si no hubiera creado esas estúpidas fantasías sobre él en la cárcel, todo sería menos devastador.

Respiro hondo y me fuerzo a levantarme e ir al inodoro. Solo tengo un par de minutos antes de que Lucas vuelva a por mí y no puedo permitirme desperdiciarlos así. Mientras me lavo las manos y los dientes, fijo la mirada en el espejo convenciéndome a mí misma de que puedo hacerlo, de que puedo soportar cualquier castigo, incluso si es uno sexual.

—Se te acabó el tiempo. —Su voz profunda me sobresalta y me doy cuenta de que me había quedado embobada mientras dejaba correr el agua—. Sal.

El pánico me inunda las venas.

—Un momento —grito.

No estoy preparada para esto. No estoy preparada para él. Por primera vez desde hace semanas, he comido de forma decente y me he duchado y, de alguna manera, eso lo empeora todo. Porque ahora que me siento un poco humana otra vez, soy muy consciente de que estoy desnuda y de que estoy a merced de un hombre que quiere hacerme daño.

Con el corazón martilleándome el pecho, miro a mi alrededor. Lucas no sería tan estúpido como para dejar un arma por ahí, pero no necesito mucho. Me fijo en el cepillo de dientes de plástico que acabo de usar y lo cojo. Lo parto por la mitad con ambas manos. Como esperaba, una de las partes queda puntiaguda y afilada, por lo que la agarro con fuerza con la mano derecha.

Respirando hondo de nuevo, abro la puerta y salgo.

—Ya está —digo, esperando que no note la tensión en mi voz.

—Vamos. —Lucas me agarra del brazo izquierdo y yo me tropiezo, esta vez a propósito. Se gira para estabilizarme y en ese momento me levanto y le ataco con el arma improvisada, siendo el hígado mi objetivo. Hago callar a la parte del cerebro que teme hacerle daño, la parte donde se conservan aquellas fantasías y dejo que el entrenamiento me guíe.

Se gira en el último momento gracias a sus agudos reflejos y acabo arañándole el torso en lugar de apuñalándole. El cepillo de dientes roto se le engancha en la camiseta, obligándome a soltarlo, pero no dejo que eso me pare. Me tiene agarrada del brazo así que me dejo caer al suelo para que todo mi peso cuelgue de ese brazo y le doy una patada con la pierna derecha. Encuentro su mandíbula con el pie y el impacto hace que me recorra una ola de dolor, pero él se tambalea hacia atrás, lo que me da el tiempo que necesito para liberarme de su agarre.

Me levanto del suelo y corro hacia la cocina desesperada por encontrar un cuchillo, pero, antes de que pueda dar más de dos pasos, me coge por detrás. Consigo girarme, casi rodando, cuando caemos sobre la alfombra y le golpeo con el codo en el duro estómago. El impacto hace que se me duerma el brazo. Él solo gruñe mientras sigue rodando y en un segundo me tiene atrapada, sujetándome las muñecas con las manos y levantándolas sobre mi cabeza, al tiempo que me mantiene las piernas pegadas al suelo con la fuerza de las suyas.

No puedo moverme. De nuevo, estoy indefensa debajo de él.

Con la respiración acelerada me quedo mirándolo, mi interior se agita con miedo esperando la represalia. Nuestra pelea le ha excitado, noto un bulto duro en la zona de los pantalones que tiene apoyada contra mi estómago. O quizá sigue empalmado desde antes.

Sea como sea, sé que me va a castigar.

Él también está respirando pesadamente y el pecho le sube y le baja sobre mí. Veo la furia refulgiendo en los ojos claros. Furia y algo mucho más primitivo.

Para mi sorpresa, un pequeño hilo de calor serpentea en mi interior, mi mente me transporta del horror de la situación actual al maravilloso placer de aquella noche. En aquel momento también estaba debajo de él y el cuerpo parece no entender que eso fue distinto.

Que el hombre que está sobre mí no solo quiere mi cuerpo.

Quiere venganza.

Baja la cabeza y me quedo paralizada, respirando con miedo cuando me roza la oreja izquierda con los labios.

—No deberías haber hecho eso —susurra y el húmedo calor de su aliento me quema la piel—. Te iba a dar más tiempo, dejar que recuperaras fuerzas, pero ya no… —Presiona la boca contra mi cuello y mueve la lengua por esa delicada área, como probándola—. Has agotado toda la paciencia que me quedaba, preciosa.

Me estremezco, intentando alejarme de esa cálida y hechizante boca, pero no tengo a dónde ir. Está por todos lados, tiene el musculoso cuerpo grande y pesado sobre el mío. El breve estallido de energía que he sentido tras la comida ya ha desaparecido completamente, no me quedan fuerzas tras semanas de privación. Agotada, dejo de resistirme y me doy cuenta de que el hilo de calor se está extendiendo en mi interior, humedeciéndome con una necesidad no deseada.

—Lucas, por favor. —No sé por qué estoy suplicando. Acabo de intentar apuñalarlo, no mostrará piedad nunca más—. Por favor, no lo hagas. —La respuesta irracional de mi cuerpo debería haber hecho esto más fácil de llevar, pero solo acentúa mi impotencia y completa falta de control. No puedo pasar por esto con él. Me destrozaría—. Por favor, Lucas…

Se mueve sobre mí con la boca demasiado cerca de mi oreja.

—¿Que no haga qué? —murmura, sujetándome ahora las muñecas con una sola mano. Mueve la otra entre nosotros y desliza los dedos entre mis muslos en busca del coño—. ¿Esto? —Me presiona el clítoris con el pulgar mientras me penetra con el dedo índice.

Me retuerzo ante la invasión a la vez que mi calor interno se transforma en un dolor intenso. Se me endurecen los pezones y me humedezco todavía más. Mi cuerpo desea un acto que dejaría mi alma hecha pedazos.

—No lo hagas, por favor. —Lágrimas, estúpidas y patéticas lágrimas aparecen y no puedo contenerlas. Caen y se me derraman por las sienes, haciéndome arder de vergüenza ante mi debilidad—. No, por favor... —Introduce el dedo en mi interior todavía más y me inundan viejos recuerdos, transportándome a ese oscuro y agobiante lugar. Mi respiración se convierte en agitados jadeos y mi voz se vuelve más aguda—. Por favor, Lucas, no.

Para mi sorpresa, para y, maldiciendo, se aparta de mí, poniéndose en pie ágilmente.

—Levántate —masculla, tirándome del brazo para que me incorpore. En cuanto estoy de pie, me empuja hasta el salón y me tira en el sofá, apretando los dientes —. Como muevas un músculo...

Aturdida, veo cómo desaparece girando la esquina y vuelve a aparecer un momento después con una silla y un rollo de cuerda. Deja ambos en medio de la habitación. No me he movido, estoy temblando demasiado como para hacerlo, y no opongo resistencia cuando me levanta, me coloca sobre la silla y me ata los brazos a la parte posterior de ella, asegurándolos contra el firme respaldo de madera. Después, utiliza más cuerda para atarme los tobillos a las patas de la silla, dejándome las piernas abiertas.

Cuando ha terminado se levanta y me mira. El bulto en sus pantalones sigue presente, pero el calor de los ojos se ha apagado, devolviéndolos a su frialdad habitual.

—Volveré dentro de unos minutos —dice con dureza—. Cuando regrese, espero que estés lista para hablar.

Y, antes de que pueda responder, sale de la habitación, dejándome atada, desnuda y sola.

19

ucas

ENTRO EN EL CUARTO DE BAÑO Y CIERRO LA PUERTA CON mucho cuidado, asegurándome de no dar un golpe muy fuerte. Control, eso es lo que necesito ahora.

Control y distanciarme de ella.

Tengo la polla que parece un bate de béisbol dentro de los pantalones y los huevos tan llenos que siento que van a estallar de un momento a otro. Nunca había estado tan cerca de follarme a una mujer y, después, detenerme.

Nunca me había negado a hacer algo que deseaba tanto.

Estaba justo allí, tumbada debajo de mí, con el cuerpo esbelto, delgado, desnudo y vulnerable. Me la podría haber follado como me hubiese apetecido, descargando mi furia contra su delicada piel mientras saciaba esa sed que se ha apoderado de mí durante tanto tiempo.

En cambio, la he dejado ir.

«Hija de puta».

Me miro en el espejo observando un rostro lleno de ira y frustración. Me deseaba, he sentido lo húmeda que estaba, cómo respondía su cuerpo y, aun así, la he dejado ir.

Por mucho que lo necesitara, no he sido capaz de violarla.

Asqueado por mi debilidad, miro a otro lado pasándome la mano por el cabello corto. La violación no es peor que los otros crímenes que he cometido en los últimos años. Mientras he estado al servicio de Esguerra, he matado y torturado sin escrúpulos a hombres y mujeres. Tirarme a Yulia habría sido la tarea más sencilla del mundo, he soñado con follármela cada noche durante los últimos dos meses y, sin embargo, no lo he hecho.

Apretando los dientes, me levanto la camiseta y me observo las costillas. No hay sangre en el lugar en el que Yulia me ha rozado con su arma, pero tengo un rasguño rojo irritado. Probablemente buscara el riñón. Si no hubiera sido lo suficiente rápido, estaría sangrando en el suelo, muerto de dolor, siempre y cuando no me hubiera cortado la garganta al instante. La mandíbula me arde donde me ha dado una patada, recordándome así lo traicionera y peligrosa que es.

Habría sido más sensato haberla dejado con los rusos.

«No». En el momento en el que ese pensamiento cruza mi mente, el cuerpo se me pone en tensión oponiéndose. Ahora que por fin la tengo bajo mi dominio, la idea de que otra persona la atormente se me hace insoportable. Todo dentro de mí grita que es mía, para follármela, para castigarla como me dé la gana.

Nadie más la va a volver a tocar.

Me desabrocho los pantalones, me saco la polla hinchada y la rodeo con la mano. Aprieto los ojos mientras imagino que estoy dentro de ella y que son sus paredes vaginales las que me aprisionan la polla con tanta firmeza.

Con esas imágenes pornográficas en la mente, tardo menos de un minuto en correrme y un chorro de semen cae sobre el lavabo.

20

 *ulia*

No sé cuánto tiempo he tardado en darme cuenta de que la prórroga es real, pero finalmente me calmo y dejo de temblar.

No ha hecho lo que tenía planeado.

No me ha obligado.

Sigo sin poder creérmelo. Sé lo duro que le ha resultado, lo he sentido. No había razón alguna para que tuviera misericordia. No soy una cualquiera que ha encontrado en un bar, soy el enemigo que intentaba hacerle daño. Debería haberse sentido poderoso ante mis patéticas súplicas y usado mi debilidad para destrozarme por completo.

Al menos, es lo que esperaba que hiciera.

Bajo la cabeza y me observo las piernas desnudas intentando entender por qué ha parado. Lucas Kent no es un novato en este tipo de cosas, todo lo contrario. Según su ficha, se incorporó a la Marina de los Estados Unidos justo después de terminar el instituto y entró en el programa de entrenamiento SEAL pocos meses después. No había mucha información sobre sus misiones, solo que estaban clasificadas como muy peligrosas, pero la razón por la que abandonó estaba registrada.

Fue un cargo de asesinato después de ocho años de servicio. El hombre que me tiene cautiva mató a su comandante y desapareció en las selvas de Sudamérica. Tras un intervalo de cuatro años, Lucas Kent finalmente resurgió como el letal lugarteniente de mayor confianza de Esguerra.

Siento un escalofrío recorrerme los brazos y un sexto sentido me hace alzar la vista.

Desde la ventana me observan dos pares de ojos, unos enormes rodeados de gruesas pestañas y otros que se asemejan en cierto modo a la forma de una almendra.

Me doy cuenta de que son dos mujeres jóvenes cuando pierdo de vista a la de los ojos con gruesas pestañas, haciendo que observe a la intrusa más valiente. La chica que se queda tiene más o menos mi edad y parece colombiana. Tiene el rostro redondo y moreno enmarcado por un cabello negro y suave. Es guapa y, a juzgar por cómo me observa, siente mucha curiosidad por mí.

No me da tiempo a ver más porque un segundo después sale corriendo y también desaparece.

Confundida, continúo observando la ventana, esperando, pero no vuelven. En cambio, escucho pasos y, al girar la cabeza, veo a Lucas entrando en la habitación con otra silla.

La pone frente a mí, se sienta y cruza los brazos.

—Bien, Yulia. —Con la mirada, me recorre el cuerpo desnudo y, después, vuelve a dirigirla hacia la cara—. ¿Por qué no empiezas contándome tu historia?

Se acabó la prórroga.

Intentando mantenerme serena, me humedezco los labios.

—¿Podrías darme un poco de agua? —Tengo sed y estoy desesperada por posponer este interrogatorio todo lo que pueda.

No se mueve.

—Habla y te la daré.

Trago saliva, observando su implacable mandíbula.

—¿Qué quieres saber?

A lo mejor puedo compartir ciertos datos con él, al igual que hice con los rusos. Puedo admitir que soy una espía de los ucranianos, eso ya lo sabe, y contarle algo sobre mi origen.

Quizás esa información me dé un poco más de tiempo sin dolor.

—Me has dicho que comenzaste con once años. —

Me mira con frialdad, sin ningún tipo de indicio del deseo que ardía entre nosotros—. Háblame de ellos, de la gente que te reclutó.

Era demasiado esperar que pudiera entretenerlo con revelaciones inofensivas.

—No sé mucho sobre ellos —digo—. Me asignaban misiones, eso es todo.

Frunce el ceño. Sabe que estoy mintiendo.

—¿Seguro? —Usa un tono de voz engañosamente suave—. ¿Y también era una misión inscribirse en la Universidad Estatal de Moscú?

—Sí. —No tiene sentido negarlo—. Falsificaron mis documentos y me inscribieron en la universidad para que así pudiera vivir en Moscú y coger confianza con ciertas personas importantes que trabajaban en el gobierno ruso.

—¿Coger confianza cómo? —Se inclina y veo algo oscuro aparecer en sus ojos de repente—. ¿Cómo querían que llevaras a cabo esas misiones exactamente, preciosa?

No contesto, pero puedo ver que sabe la respuesta. Si no, ¿cómo iba a introducirse una mujer joven en los círculos más importantes del gobierno?

—¿Cuántos? —La voz de Lucas es lo suficientemente cortante como para romperme en pedazos—. ¿A cuántos te tuviste que follar para «coger confianza»?

—A tres. —Dos funcionarios de nivel inferior y uno de los amigos de Buschekov, gracias al que conseguí el trabajo como intérprete—. Tuve que acostarme con tres. —Observo a Lucas directamente, ignorando la vergüenza que siento en mi interior—. Esguerra habría sido el cuarto, pero acabé contigo.

Frunce el ceño todavía más y un escalofrío me acelera el pulso. No sé por qué me burlo de él así. Enfadar a Lucas es una mala idea. Tengo que tranquilizarlo y, así, ganaré algo más de tiempo. Da igual si el desprecio con el que me mira es como un cuchillo clavándose en el hígado.

Un cuchillo de verdad sería mucho, mucho peor.

Se levanta de golpe acercándose a mí e intento no encogerme mientras inclino la cabeza hacia atrás para encontrarme con su mirada. Le brillan los ojos y hay una furia resplandeciente en las profundidades de esos ojos azul grisáceo. Parece que me va a pegar, pero entonces agarra un mechón de pelo y me obliga a echar la cabeza todavía más hacia atrás.

—¿Los deseabas? —Me arden los ojos por el dolor del cuero cabelludo cuando empieza a tirar del pelo con los dedos—. ¿Con ellos también se te humedecía el coño?

—No. —Le digo la verdad, pero veo que no me cree —. No fue así con los demás. Era solo algo que tenía que hacer. —No sé por qué intento convencerlo. No quiero que sepa que, de alguna forma, él fue especial, pero al mismo tiempo no puedo mentirle sobre algo así —. Era mi trabajo.

—Como yo. Yo también era tu trabajo. —Mira hacia abajo observándome y percibo un atisbo de ese oscuro deseo que se oculta bajo su enfado—. Me entregaste tu cuerpo para conseguir información.

No lo niego, y veo que se le hincha el pecho al respirar. Me preparo para oír palabras hirientes de repulsa, pero no llegan. En cambio, deja de tirarme del pelo con tanta fuerza, como si se diera cuenta de que no puedo torcer el cuello de esa manera.

—Yulia... —Le noto un tono extraño en la voz—. ¿Cuántos años tenías cuando te acostaste con el primero de esos tres?

Pestañeo. Esa pregunta me ha pillado por sorpresa.

—Dieciséis.

Al menos tenía esa edad cuando comenzó nuestra relación. Boris Ladrikov, un miembro de la Duma Estatal bajito y un poco calvo, había sido mi primer novio y nuestra aventura duró casi tres años. Fue él quien me presentó a toda la gente importante, incluyendo a Vladimir, que se convirtió en el segundo amor que me asignaron.

—¿Dieciséis? —repite Lucas y me doy cuenta de que se le mueve un músculo cercano a la oreja. Está furioso y no sé por qué—. ¿Qué edad tenía tu objetivo?

—Treinta y ocho. —No sé por qué me está haciendo todas estas preguntas irrelevantes, pero no me importa contestarlas para así mantenerlo distraído de otros temas más peliagudos—. Él pensaba que yo tenía dieciocho, la identidad que me asignaron era de alguien dos años mayor.

Tengo la sensación de que Lucas me va a hacer más

preguntas, pero, para mi sorpresa, deja de tirarme del pelo y se aleja.

—Por ahora es suficiente —dice, y vuelvo a notar ese tono extraño en la voz—. Seguiremos en un rato.

Sin decir nada más, da media vuelta y desaparece de la habitación. Un minuto más tarde, oigo la puerta principal abrirse y cerrarse y sé que vuelvo a estar sola.

21

Lucas

UNA NIÑA. ERA UNA PUTA NIÑA CUANDO LA LLEVARON A Moscú y la obligaron a acostarse con los asquerosos cabrones del gobierno.

La rabia que me recorre es tan intensa que podría incinerarme las entrañas. He empleado hasta la última pizca de autocontrol que tengo para disimular mi reacción ante Yulia. Si no me hubiera ido de casa en aquel momento, seguramente habría atravesado la pared con el puño.

Una hora después sigo enfadado, así que golpeo el saco de arena que tengo delante, canalizando mi furia en cada golpe. Veo a los hombres a mi alrededor mirándome con curiosidad. Llevo así cuarenta minutos, sin mucho más que un descanso para beber agua.

—Lucas, ¿te has vuelto loco, gringo?, ¿qué mosca te ha picado? —La voz de un hombre me distrae, me giro y me encuentro a Diego. El alto mexicano sonríe y los dientes blancos destacan sobre el rostro bronceado—. ¿No deberías guardar algo de energía para tu prisionera?

—Que te jodan, pendejo. —Molesto por la interrupción, cojo la botella de agua del suelo y le doy un trago. Por lo general Diego me cae bien, pero ahora la idea de usarlo como saco de boxeo me parece muy tentadora—. Mi prisionera no es asunto tuyo, joder.

—Ayudé a traerla aquí, así que, de alguna forma, sí que es asunto mío —me contradice, aunque la sonrisa le desaparece del rostro al darse cuenta de que estoy de mal humor—. Es la zorra que provocó el accidente, ¿verdad?

Me seco el sudor de la frente.

—¿Por qué dices eso? —Creía que solamente Esguerra, Peter y yo sabíamos lo de Yulia.

Diego se encoje de hombros.

—La trajimos de una prisión rusa y todo el mundo sabe que los ucranianos estaban detrás. Encaja. Además, te lo tomas como algo personal, así que… —Le lanzo una mirada tan intensa que su voz se apaga.

—Como he dicho, no es asunto tuyo, joder — mascullo con frialdad. Lo último que quiero es hablar de Yulia con otros hombres. Lo que debería haber sido lo más fácil del mundo, vengarse, se ha convertido en un caos de proporciones épicas. La chica que está atada en la silla del salón no es lo que pensaba que era y no tengo ni puta idea de qué hacer con ella.

—No te preocupes. —Diego sonríe de nuevo—. Pero dime, ¿te la has follado ya? Hasta con el hedor de la cárcel seguía estando buena...

Le doy un puñetazo en la cara antes de que termine de hablar. No es un acto muy responsable por mi parte; pero no puedo contener la furia que me invade. Se tambalea hacia atrás por la fuerza del golpe y me abalanzo sobre él, tirándolo al suelo. La pierna se me resiente por el brusco movimiento pero ignoro el dolor, destrozándole la sorprendida cara a golpes.

—Kent, ¿qué cojones? —Unas manos fuertes me agarran y me separan de mi víctima, resistiendo mis intentos de deshacerme de ellas—. ¡Cálmate, tío!

—¿Qué pasa aquí? —La voz de Esguerra cae como un jarro de agua fría sobre las llamas de mi furia. Cuando me tranquilizo, me doy cuenta de que Thomas y Eduardo me sujetan por los brazos mientras nuestro jefe está a pocos metros de la entrada del gimnasio.

—Solo ha sido un pequeño un malentendido. —Consigo mantener la voz firme a pesar del instinto asesino que me recorre el cuerpo. Al ver que he dejado de forcejear, Thomas y Eduardo dan un paso atrás con expresión neutral.

Sé que tengo que decir algo al respecto y me giro hacia el guardia que acabo de atacar.

—Lo siento, Diego, me has pillado en un mal momento.

—Ya, no jodas —murmura, poniéndose en pie con esfuerzo. Le sangra la nariz y se le empieza a hinchar el ojo izquierdo—. Tengo que ponerme hielo.

Se apresura a salir del gimnasio, y Esguerra me lanza una mirada inquisitiva.

Me encojo de hombros como si el problema no tuviera importancia y, para mi alivio, Esguerra no insiste. En lugar de eso, me informa de que nuestro proveedor de Hong Kong ha llamado al final de la tarde. Cree que es buena idea que esté presente. Luego, regresa a su oficina y yo me quedo con los guardias disparando a latas de cerveza, intentando no pensar en mi cautiva.

22

 *ulia*

NO SÉ CUÁNTO TIEMPO LLEVO AQUÍ SENTADA, intentando encontrar una postura cómoda en la silla, pero un suave golpecito en la ventana llama mi atención. Sobresaltada, levanto la cabeza y veo a la chica que estaba mirándome antes, la que tenía la cara redonda. Está fuera, con la nariz aplastada contra el cristal mientras me mira fijamente. No veo a su amiga, así que esta vez debe de haber venido sola.

—¿Hola? —grito sin estar segura de si sabe hablar inglés o de si me escuchará a través del cristal—. ¿Quién eres?

Vacila un segundo y pregunta:

—¿Dónde está Lucas? —Su voz apenas se escucha a

través de la ventana, aunque advierto que habla inglés americano con un pequeño rastro de acento español.

—No lo sé. Se ha ido hace un rato —digo, estudiándola a fondo, igual que ella hace conmigo. No es un intercambio justo, lo único que veo de ella es su cabeza, mientras que yo estoy como mi madre me trajo al mundo. Aun así, puedo apreciar unas facciones normales y unos labios carnosos. Memorizo la información por si la necesito más tarde.

¿Quién es? ¿Será la novia de Lucas? No había rastro de nadie importante en su archivo, aunque Obenko no podía saber nada acerca las relaciones que tenía Lucas aquí. Hasta donde sé, mi captor podría hasta tener mujer y tres hijos. Que tenga una novia joven y atractiva no es de extrañar, Lucas es un hombre muy sensual y varonil que no tendría problema en atraer a cualquier mujer, incluso en un sitio tan recóndito como este.

Cuanto más lo pienso, más sentido parece tener. Justo por eso no me ha follado antes.

No ha sido por mis súplicas, ha sido porque no quería ser infiel.

—¿Qué quieres? —le pregunto a la chica, intentando ignorar el sentimiento irracional de traición que me invade ante el descubrimiento. No parece sorprenderla verme desnuda y atada, así que es obvio que sabe lo que su novio se trae entre manos.

—¿Qué haces aquí?

Abre la boca para responder, pero, en vez de hacerlo, desaparece de mi vista. Un poco después, escucho la puerta principal abrirse y entiendo el porqué.

Lucas ha vuelto.

Me obligo a concienciarme cuando escucho sus pasos. Entra en la habitación y se para directamente delante de mí. La piel bronceada le brilla por el sudor. Una mancha en forma de V se dibuja en medio de la camiseta sin mangas que le cubre el musculoso pecho. Parece exageradamente masculino y cuando me encuentro con su mirada gélida, me percato del hormigueo cálido entre las piernas.

Por increíble que parezca, le deseo.

Asustada, aparto con esfuerzo la mirada de su rostro, por si se da cuenta de lo que estoy sintiendo. Ningún aspecto de mi relación con él tiene sentido. Acabo de descubrir que tiene novia, e incluso si no la tuviera, ¿cómo puedo desear a un hombre al que temo? ¿Y por qué no me ha hecho daño todavía?

Reparo en los nudillos, y me tenso cuando veo que los tiene llenos de magulladuras.

Le ha pegado a alguien.

Quiero preguntarle sobre ello, pero me quedo en silencio mirándome las rodillas. Aún está enfadado, lo noto, y no quiero provocarle. Tampoco menciono a su novia, aunque me muero de ganas de sacar el tema. Por alguna razón, la chica de pelo oscuro no quería que Lucas supiera que me estaba espiando, y no quiero delatarla de momento.

Necesito aprovechar cualquier ventaja que tenga.

—¿Tienes hambre? —dice Lucas, y alzo la vista, sorprendida por la pregunta.

—Bueno, podría comer —digo con cautela. En realidad me muero de hambre, mi cuerpo necesita alimentarse tras pasar hambre durante semanas, pero no quiero que lo use en mi contra. También tengo que hacer pis, aunque es algo en lo que intento no pensar demasiado.

Me mira fijamente y a continuación asiente, como si hubiera tomado una decisión. Se da la vuelta y desaparece por el pasillo en dirección hacia el baño, poco después escucho el agua correr. ¿Se está dando una ducha?

Tres minutos después, reaparece vestido con un par de pantalones cortos de algodón y una camiseta limpia. El cuello musculoso le brilla por las gotas de agua, y huele al gel que he usado antes, confirmando mis suposiciones sobre la ducha.

Se agacha frente a mí, me desata los tobillos con destreza y, después, camina a mi alrededor para soltarme los brazos.

—Vamos —me ordena, agarrándome del codo para ponerme en pie—. Puedes usar el baño y, luego, te daré de comer.

Me conduce hacia el baño y camino a su lado, demasiado sorprendida como para pensar en intentar escaparme de nuevo.

—Entra —dice, dándome un empujón cuando llegamos. Obedezco y decido no cuestionar mi suerte.

Mientras me lavo las manos, veo un cepillo de

dientes nuevo e intacto en la repisa. Por un instante, me siento tentada a repetir la jugada de antes, pero decido no hacerlo. Si no pude atacarle por sorpresa, desde luego no podré hacerlo ahora que sabe de lo que soy capaz.

Además, ha dicho que me va a dar de comer y el estómago me da volteretas con solo pensar en comida.

—Las manos —dice Lucas, cogiéndome las muñecas tan pronto como salgo del baño. Abro las palmas de las manos para mostrarle que están vacías y hace un gesto de aprobación—. Buena chica.

Levanto las cejas ante su extraño comportamiento, aunque ya me está llevando a la cocina.

—Siéntate —dice, señalando una silla, y obedezco mirando cómo saca los mismos ingredientes que utilizó en la comida y empieza a preparar dos bocadillos. Mientras tanto, rastreo la cocina en busca de algo que pueda usar como arma. Para mi decepción, no veo ningún juego de cuchillos o algo por el estilo. La encimera está vacía y limpia, excepto por los bocadillos. Él tampoco lleva ninguna pistola, debe tener todas las armas escondidas en otra parte, quizás en el coche.

—Toma —dice, poniéndome un plato delante. Observo que es de plástico y no de cerámica como el que se rompió antes. El cuchillo que ha usado para untar la mayonesa también es de plástico. No me cabe duda de que si buscara en los cajones, encontraría algo, pero Lucas me pillaría antes de poder abrirlos.

No tengo las manos atadas, pero escapar resulta tan imposible como antes.

Me paso la lengua por los labios secos.

—¿Puedo tomar…?

—¿Agua? Aquí tienes. —Sirve agua del grifo en un vaso de plástico, lo deja ante mí y se sienta al otro lado de la mesa con uno de los bocadillos.

Tengo un millón de preguntas que hacerle, pero me obligo a beber agua y a comerme casi todo el bocadillo antes de dejarme llevar por el impulso. Lo último que quiero es enfadarle y salir perdiendo.

Al final, no puedo contenerme.

—¿Por qué haces esto? —le pregunto cuando termina de comer. Estoy tan llena que voy a estallar, puedo sentir cómo mi cuerpo absorbe las calorías y voy recobrando las fuerzas—. ¿Qué quieres de mí?

Lucas alza la vista, se le tensan las facciones, y me doy cuenta de que me mira fijamente los pechos, que se dejan entrever a través de la larga melena. El calor me asciende por el cuello y se me endurecen los pezones en respuesta al deseo evidente en sus ojos. Llevo desnuda delante de él todo el día y me estoy acostumbrando, pero eso no significa que la situación no sea tremendamente sensual. Mientras le sostengo la mirada, comprendo que el motivo de su silencio durante la cena debe haber sido la distracción de mi cuerpo desnudo.

Aún me desea, y no sé si eso me asusta o me excita.

—Háblame sobre ellos —dice de repente—.

Háblame sobre las personas que te secuestraron, quiénes te han hecho hacer esto.

Aquí está, la verdadera razón por la que está siendo bueno conmigo. Está jugando al poli bueno contra el poli malo de los rusos, el héroe y el villano. Se parece tanto a mis fantasías que quiero llorar. Con la excepción de que a Lucas no le interesa salvarme, solo quiere respuestas, respuestas que no puedo ni pienso darle.

—¿Qué pasó aquel día? —pregunto en su lugar. Esta pregunta lleva atormentándome desde que descubrí que él y Esguerra estaban vivos—. ¿Cómo sobrevivisteis?

La mandíbula de Lucas se endurece y el deseo en los ojos se desvanece.

—¿Te refieres al accidente de avión?

—¿Entonces, hubo un accidente de avión? —No estaba muy segura, aunque me imagino que su deseo de hacerme pagar significaba que algo así había pasado.

Lucas se inclina hacia delante, y aplasta el plato de plástico vacío con las manos.

—Sí, hubo un accidente. ¿Tus jefes no te mantienen informada?

La furia vuelve a su voz y lucho para no acobardarme.

—Sí, pero pensé que esa información podría no ser cierta.

—Porque sobrevivimos.

Asiento, conteniendo la respiración.

Clava la mirada en mí por un segundo y, luego, se levanta y rodea la mesa.

—Vamos —dice, agarrándome del brazo otra vez—. Hemos acabado aquí.

Me arrastra de vuelta al salón, me ata en la silla y se va de nuevo, dando un portazo al salir.

23

ucas

Mientras Esguerra discute sus nuevas preocupaciones logísticas con nuestro proveedor de Hong Kong, permanezco sentado en silencio. Solo presto atención a medias a la videollamada. No entiendo cómo una mujer puede confundirme tanto. Un segundo quiero cuidarla, que se ponga fuerte y sana y, al siguiente, estoy indeciso entre follármela o matarla allí mismo.

Prostitución infantil.

Eso es básicamente lo que hicieron con ella. Cuando tenía once años se la llevaron, la entrenaron y a los dieciséis la soltaron en Moscú con instrucciones de acercarse a las más altas esferas del gobierno ruso.

Me pongo enfermo solo de pensarlo. No sé qué me enfada más: que le hayan hecho eso o que esté relacionada con el accidente de avión que mató a cuarenta y siete de nuestros hombres y casi quemó vivos a otros tres.

¿Cómo se puede odiar tanto a alguien y, al mismo tiempo, querer vengar todas las putadas que le han hecho?

—Gracias por su tiempo, señor Chen —dice Esguerra, con una educación poco común en él, y veo al viejo arrugado de la pantalla asentir mientras repite las mismas palabras. Es importante respetar las costumbres de esa parte del mundo, incluso si se trata con criminales.

En cuanto Esguerra cuelga, me levanto, impaciente por volver con Yulia.

—Nos vemos mañana —digo.

Asiente, sin dejar de trabajar en el ordenador.

—Nos vemos —responde mientras me marcho.

Ya es de noche cuando salgo a la calle oscura, cálida y húmeda. La oficina de Esguerra es un edificio pequeño al lado de la casa principal, que está a un buen trecho de las viviendas de los guardias, donde está mi casa. Podría haber venido conduciendo, pero me gusta caminar y, después de estar sentado dos horas, estoy deseando estirar las piernas y aclararme las ideas.

Antes de haber andado una docena de pasos, escucho que me llama una mujer y me doy la vuelta para ver cómo la criada de Esguerra, Rosa, cruza deprisa el gran jardín. Sujeta contra el pecho una especie de olla tapada.

—¡Lucas! ¡Espera! —Parece que se ha quedado sin aliento.

Me paro, intrigado por saber qué quiere. Recuerdo vagamente a Eduardo hablando de ella. Probablemente estuviesen saliendo juntos entonces. Por lo que dijo, nació en esta finca; sus padres trabajaban para Juan Esguerra, el padre del jefe. La he visto por ahí y hemos intercambiado saludos un par de veces, pero nunca he hablado con ella de verdad.

—Toma —dice, parándose delante de mí y tendiéndome la olla—. Ana quería que te lo diera.

—¿Sí? —Sorprendido, cojo el pesado obsequio. El aroma que sale de debajo de la tapa es intenso y delicioso y se me hace la boca agua—. ¿Por qué?

El ama de llaves de Esguerra a veces regala las galletas o la fruta que ha sobrado a los guardias, pero es la primera vez que me da algo a mí solo.

—No sé. —Por algún motivo, Rosa se pone colorada —. Creo que hizo sopa de sobra y ni Nora ni el señor la han querido.

—Ya veo. —En realidad no lo veo, pero no voy a discutir por algo que huele delicioso—. Bueno, estaré encantado de comérmela si ellos no la quieren.

—No la quieren. Es para ti. —Me dedica una sonrisa vacilante—. Espero que te guste.

—Seguro que sí —digo estudiando a la criada. Es guapa, con curvas voluptuosas y brillantes ojos marrones y, cuando veo que se ruboriza aún más bajo mi mirada, me doy cuenta de que tal vez no sea el ama de llaves de mediana edad la que está detrás de esto.

Le gusto a Rosa. De repente, estoy seguro.

Hago todo lo que puedo para ocultar mi incomodidad cuando le deseo buenas noches y me doy la vuelta. Hace un par de meses me hubiese sentido halagado y hubiese aceptado encantado la invitación evidente detrás de la sonrisa tímida de la chica. Ahora, sin embargo, lo único en lo que puedo pensar es en la rubia de piernas largas que me espera en casa y todas las cosas sucias y salvajes que quiero hacer con ella.

—¡Adiós! —me grita Rosa mientras retomo mi caminata. Le respondo con una sonrisa indiferente por encima del hombre.

—Gracias por la sopa —le digo, pero ella ya se apresura hacia la casa, con el vestido negro de criada ondulando a su alrededor como un velo.

En cuanto llego a casa, pongo la olla en la nevera y, después, voy a la sala de estar. Mi prisionera está exactamente donde la dejé: atada en la silla en medio de la habitación. Yulia tiene la cabeza baja y la larga melena rubia le cubre casi toda la parte superior del cuerpo. No se mueve mientras me acerco y me doy cuenta de que tiene que haberse quedado dormida.

Me pongo en cuclillas delante de ella y empiezo a desatarle los tobillos, intentando ignorar la reacción de mi cuerpo a su cercanía. Tiene las piernas atadas separadas, por lo que veo los suaves pliegues entre los muslos y recuerdo con repentina claridad el sabor de su coño… y lo bien que me sentía cuando me rodeaba la polla.

«Joder».

Me miro las manos, decidido a concentrarme en lo que estoy haciendo. No ayuda. Cuando le rozo con los dedos la piel de seda, me fijo en que tiene los pies largos y esbeltos, como el resto del cuerpo. A pesar de su altura, tiene una complexión delicada, con tobillos tan delgados que puedo rodear cada uno entre el pulgar y el índice.

«No me costaría nada romperle esos huesos tan frágiles». El pensamiento interrumpe mi lujuria y me aferro a él, agradecido por la distracción. Es justo lo que necesito: pensar en ella como un enemigo, no como una mujer deseable. Y, como enemigo, será fácil torturarla. Con solo un poco de fuerza podría partirle el pie por la mitad. Lo sé porque ya lo he hecho antes. Hace un par de años, un fabricante de misiles tailandés nos la jugó y nos vengamos matando a toda su familia. La esposa intentó esconder a su marido y a sus hijos adolescentes, pero la torturamos hasta que nos dijo dónde estaban y, en el proceso, le rompimos todos los huesos de las piernas.

Desde entonces no hemos tenido ningún problema en Tailandia.

Eso es lo que debería hacer con Yulia: hacerle daño, que me cuente sus secretos, y, luego, matarla. Es lo que Esguerra espera de mí.

Es lo que pensaba hacer cuando me cansara de ella.

La pierna se mueve, tensándose ante mi sujeción, y, al levantar los ojos, veo que Yulia está despierta mirándome a la cara con sus ojos azules.

—Has vuelto —dice con un hilo de voz y asiento enmudecido por una brutal oleada de renovado deseo. La polla, que ya estaba medio dura, se me convierte en una barra de hierro bajo los pantalones y me doy cuenta de que estoy subiendo involuntariamente con la mano derecha por la cara interna de su pantorrilla. Más y más arriba... Siento cómo se va tensando, cómo le cambia la respiración al mismo tiempo que se le dilatan las pupilas, y sé que está asustada.

Asustada y puede que algo más, a juzgar por el color que se va apoderando de su cara.

Me es imposible resistirme al oscuro impulso y dejo que la mano siga su camino, deslizando los dedos sobre la pálida curva de la rodilla y la suavidad de la cara interna del muslo. Tiene tan tensos los músculos de la pierna que vibran bajo mi contacto y, bajo el velo del pelo, se le han endurecido los pezones, convirtiéndose en firmes botoncitos de color rosa.

Al tragar saliva, mueve la tráquea.

—Lucas...

No oigo lo que dice porque, en ese instante, me vibra el teléfono ruidosamente en el bolsillo.

«Me cago en la puta».

Lívido frustrada, despego la mano del muslo de Yulia y saco el teléfono. Bajo la mirada y veo un mensaje de Diego: «Posible problema en Torre Norte Uno».

Quiero reventar el teléfono contra la pared, pero me resisto. En vez de eso, me levanto y voy a la oficina, para que Yulia no pueda oírme.

Cojo aire para tranquilizarme y llamo a Diego.

—¿Qué pasa? —ladro en cuanto descuelga—. ¿Qué es tan importante?

—Hemos detenido a un intruso cerca de la frontera norte. Dice que es pescador, pero no estoy seguro.

Intento controlar la ira. Diego ha hecho bien en avisarme, aunque la interrupción no haya podido ser más inoportuna.

—Vale. Llego en quince minutos.

Vuelvo a la sala de estar y desato rápidamente a Yulia, intentando ignorar la furiosa erección.

—¿Tienes que ir al baño? —pregunto mientras la pongo en pie y ella asiente desconcertada—. Vamos, entonces. —La arrastro por el pasillo y prácticamente la lanzo al cuarto de baño—. Date prisa.

Sale cinco minutos después, con la cara recién lavada y el aliento le huele a pasta de dientes. Le miro las manos para asegurarme de que están vacías y la llevo a la habitación. Sin quitarle los ojos de encima, cojo una manta y la tiro al suelo, a los pies de la cama. Luego, abro el cajón de la mesita de noche, saco un rollo de cuerda que ya tenía preparado y le digo a Yulia que se ponga sobre la manta. Se queda quieta y veo que observa la cuerda que tengo en las manos.

—Ponte —repito acercándome a ella—. Sobre la manta. Ya.

Se tensa cuando la empujo hacia la manta y, por un segundo, estoy seguro de que va a intentar resistirse. Pero, en vez de eso, obedece rígidamente, doblando las largas piernas bajo el resto del cuerpo.

—Túmbate. —Le suelto el brazo para empujarla hacia abajo por los hombros. El suave tacto de su piel hace que me palpite la polla y tengo que inhalar profundamente para luchar contra el impulso de tirármela antes de irme. Tal y como estoy ahora no me harían falta más de un par de minutos para vaciar los huevos y la tentación de abrirle las piernas y follármela es casi imposible de resistir. Si solo quisiese un polvo rapidito, ya estaría dentro de ella.

—Lucas. —Le tiemblan los labios cuando me mira —. Por favor, n…

—Que te tumbes de una puta vez. Ya —grito cuando pierdo la paciencia. Si tengo que tocarla, no voy a ser capaz de resistirme.

Pálida, Yulia me obedece y se estira sobre la manta. En cuanto está en posición horizontal, me coloco de rodillas a su lado, le cojo las muñecas y se las pongo por encima de la cabeza. Con cuidado de no cortarle la circulación, le envuelvo las muñecas con la cuerda y ato el otro extremo a la pata de la cama. Luego, repito el proceso con los tobillos, uniéndoselos a la otra pata, ignorando lo tensa que está. El resultado es que está tumbada de lado sobre la manta, con las muñecas y los tobillos atados a los dos extremos de la cama.

Al levantarme contemplo mi obra. Con lo que pesa la cama, las ataduras de Yulia son mucho más seguras que las de la silla y, además, está en una postura más cómoda para dormirse si el asunto del intruso lleva más tiempo del que espero.

Antes de irme, cojo una almohada y me agacho para ponérsela debajo de la cabeza. El pelo le tapa la cara, así que aparto los mechones rubios y sedosos mientras intento ignorar el deseo que me recorre el cuerpo. Me mira con los ojos como dos estanques de color azul oscuro, y casi suelto un gruñido cuando se humedece los labios con la lengua.

—No tardo —digo, obligándome a ponerme de pie y apartarme de ella.

Y antes de que cambie de idea sobre el polvo salgo de la habitación y me voy a Torre Norte Uno.

24

ulia

Tengo el pulso acelerado y contengo la respiración para escuchar el sonido de los pasos de Lucas mientras se aleja. Ha dicho que no iba a tardar. ¿Eso significa que iba a ducharse o que se marchaba a otro sitio? Da igual lo que me esfuerce, no escucho el sonido de la puerta de la calle al abrirse, pero eso no quiere decir nada. El dormitorio probablemente esté demasiado lejos de la entrada.

Después de unos cuantos minutos más de silencio, cambio de posición para intentar aliviar la tensión de los hombros. Con las manos atadas a una pata de la cama y los tobillos a la otra, no puedo moverme más que un par de centímetros en cada dirección y esta postura es solo un poco más cómoda que estar sentada en la silla.

Cada vez más frustrada, compruebo los nudos. Como era de esperar, no ceden en absoluto y la cama de matrimonio de madera pesa tanto que bien podría estar soldada al suelo. Cada vez que tiro de la cuerda me corta la piel, así que al final dejo de tirar.

Cojo aire despacio e intento relajarme, pero estoy demasiado nerviosa.

¿Dónde está Lucas? ¿Por qué me ha dejado aquí, de esta manera? Cuando ha sacado la cuerda y me ha dicho que me tumbara en la manta, estaba segura de que iba a abusar de mí, sin importarle si tenía novia o no. Le he visto la erección, he sentido el deseo intenso cuando me ha tocado y ha sido simplemente la certeza de que si luchaba sería infinitamente peor lo que me ha hecho obedecerle sin rechistar.

Si hacía lo que me pedía, esperaba que no fuese tan violento.

Pero ni me ha tocado. Solo me ha atado a la cama y me ha dejado aquí, tumbada en la manta. Hasta me ha puesto una almohada, como si le importara que estuviera cómoda.

Como si no fuese alguien a quien al final acabará matando.

Pasan varios minutos y no hay señales de Lucas, por lo que imagino que al final sí que se ha ido. Seguro que ha sido por ese mensaje que le han mandado. ¿Será del trabajo o personal? ¿Tendrá que ver con esa misteriosa novia suya? Sabe que estoy aquí. Me ha visto sentada desnuda en su casa. ¿Puede ser que le haya pedido a Lucas que vaya a verla porque sospeche que ha pasado algo entre nosotros, porque no quiera que su novio juegue así con su prisionera?

El pensamiento hace que se me retuerzan las entrañas de forma irracional. No sé por qué me importa que Lucas tenga novia. No tenemos una relación, no en sentido romántico. Me ha traído aquí para torturarme, para hacerme pagar por lo que he hecho. Si alguien puede decir que Lucas es suyo es esa chica, no yo.

Soy la otra: a la que puede desear, pero a la que nunca va a querer.

Cierro los ojos e intento relajarme otra vez. El cansancio me aplasta como un yunque, pero, por alguna razón, el sueño se niega a aparecer. Siento la corriente fría del aire acondicionado contra la piel desnuda y me duelen los hombros de tener los brazos estirados. Es una estupidez, pero una pequeña parte de mí desea que Lucas estuviera aquí, que ahora mismo estuviese tumbada en su sólido abrazo.

La fantasía es tan atrayente que me dejo llevar por ella, como hice en aquella cárcel. En mi sueño nada de esto es real. Lucas no me odia. No hubo accidente de avión ni somos enemigos. Simplemente me abraza, me besa… me hace el amor.

En mi sueño, él es mío y yo soy suya. Y no hay nada que nos separe.

25

ucas

CUANDO LLEGO A LA TORRE DE VIGILANCIA, DIEGO Y LOS otros han atado al tipo en un pequeño cobertizo cerca de allí. Fuera está oscuro como la boca del lobo y no hay electricidad en el cobertizo, así que llevo una linterna a pilas para examinar al intruso.

En cuanto le enfoco con la luz, veo que es un colombiano, de treinta y pocos años. Su ropa parece barata y bastante sucia, aunque eso podría ser el resultado de la pelea con nuestros agentes. Está amordazado, posiblemente para prevenir que moleste a los guardias con sus súplicas.

Retrocedo y me vuelvo hacia Diego. El joven mexicano tiene un ojo morado, recuerdo de mi arrebato por lo de Yulia. Por un momento, pienso en disculparme de una forma más sincera, pero decido que ahora no es el momento.

—¿Dónde lo has encontrado? —pregunto.

—Estaba cerca del río —responde Diego manteniendo el tono bajo—. Tenía un bote, dice que estaba pescando.

—Pero tú no le crees.

—No. —Diego mira al tipo—. Su bote no tiene ni un arañazo. Está totalmente nuevo.

—Ya veo —Diego tiene razón en sospechar. Pocos pescadores de esta zona pueden permitirse un bote nuevo—. De acuerdo. Desatadlo y veamos qué dice.

SON LAS DOS DE LA MAÑANA CUANDO EL INTRUSO HABLA por fin. No disfruto tanto de la tortura como Esguerra, así que dejo que los guardias lo intenten primero. Le pegan, rompiéndole algunas costillas y, luego, le pregunto qué está haciendo aquí. Intenta mentir, afirmando que había llegado a la finca por accidente, pero, después de unos cuantos cortes con la navaja, comienza a cantar y nos habla sobre su jefe, un poderoso narco de Bogotá.

—¿Estos cabrones no aprenden nunca? —dice disgustado Diego cuando el discurso del hombre se convierte en llanto y súplicas de piedad—. Pensaba que serían lo suficientemente listos como para no intentar estas mierdas. Enviar a este idiota para encontrar agujeros en nuestra seguridad, ¿pueden ser más estúpidos?

—Pueden. —Me vuelvo hacia el hombre sollozante y le deslizo el cuchillo por la garganta, librándolo del sufrimiento—. Podrían intentar atacarnos aquí.

—Es verdad. —Diego da un paso atrás para esquivar el chorro de sangre—. ¿Quieres que enviemos el cuerpo a su patrón o lo llevamos a la incineradora?

—A la incineradora. —Me limpio la navaja en la camisa, que está tan ensangrentada que una mancha más no importará, y la cierro antes de guardarla—. Dejad que su jefe se lo imagine.

—Vale. —Diego hace señas a los otros dos guardias y sacan el cuerpo fuera del cobertizo. El lugar necesita limpieza, pero eso es tarea para el siguiente turno. Espero a que lleguen los nuevos guardias y les doy las instrucciones antes de dirigirme al coche.

Diego sale a mi lado, así que le pregunto:

—¿Necesitas que te lleve?

—Claro. Iba a ir caminando, pero que, si me llevas, mejor —me sonríe—. Así llegaré más rápido a la cama.

—Vale.

Antes de meternos en el coche, saco una toalla que tengo para estas ocasiones y la pongo en el asiento del piloto. Diego no va tan sucio como yo, así que le dejo subir al asiento del copiloto tal y como está.

El camino es corto, pero Diego no para de hablar, arreglándoselas para sacarme de quicio. Está hiperactivo como les pasa a algunos después de matar. Es como si necesitara reafirmar que está vivo, que no es su cadáver al que están a punto de incinerar. Sé cómo se siente porque una emoción parecida me recorre las venas. No es tan fuerte como con mis primeros asesinatos (te puedes acostumbrar a lo que sea, incluso a quitar vidas), pero sigo sintiéndome extremadamente vivo, con todos los sentidos en guardia debido a la proximidad de la muerte.

—Escucha, tío —dice Diego cuando paro frente a su barracón—. Solo quiero decirte que antes no pretendía nada con esa chica tuya. Tenías razón, no es asunto mío.

—No es mi chica. —Tan pronto como esas palabras salen de mi boca sé que son mentira. Puede que Yulia no sea «mi chica», pero es mía.

Ha sido mía desde el momento en el que le puse los ojos encima en Moscú.

—Sí, claro, lo que tú digas. —Sonriendo, Diego abre la puerta y sale del coche—. Nos vemos mañana.

Cierra la puerta y me marcho. La gravilla sale disparada detrás del coche cuando piso el acelerador lleno de una impaciencia repentina.

Ya he esperado demasiado tiempo.

Es momento de reclamar lo que es mío.

ANTES DE IR AL DORMITORIO ME DOY UNA LARGA DUCHA, arrastrando todos los restos de sangre y suciedad. El agua caliente me quita algo de nerviosismo, pero el rastro de esa oscura adrenalina sigue ahí cuando salgo del plato de ducha y me seco, endureciéndoseme la polla con antelación.

No me molesto en vestirme antes de salir del baño. Siento el aire frío sobre la piel todavía húmeda cuando atravieso el pasillo y se me acelera el corazón cuando me imagino a Yulia tumbada, desnuda, atada y totalmente a mi merced. Nunca había deseado a una mujer en esa situación, pero todo acerca de mi prisionera me despierta los instintos más básicos. La quiero atada e indefensa.

Quiero que sepa que no puede huir.

La habitación está a oscuras al entrar, así que presiono el interruptor. Cuando la lámpara junto a la cama se enciende, veo a Yulia tendida sobre la manta frente a mí. Su cuerpo desnudo, largo y estilizado está de lado, dándome la espalda. Incluso después de perder peso, tiene el culo perfectamente curvo y la pálida piel parece de alabastro sobre la manta oscura. No se mueve al acercarme y veo que está dormida, con los ojos cerrados y los labios entreabiertos. Los hinchados y redondos pechos se mueven al ritmo de su respiración calmada, con los pezones suaves y rosados en reposo.

El deseo que he ido generando a lo largo del día ruge de nuevo, más violento que nunca. Me arrodillo junto a ella, pasándole la mano por el costado, acariciándola desde el hombro hasta la mitad del muslo. Aunque está magullada en algunas partes, tiene la piel preciosa, tan suave y lisa que hace que quiera saborearla entera.

Cediendo ante el impulso, me tumbo sobre ella atrapándola entre los brazos y bajo la cabeza para meterme el pezón en la boca. Se contrae inmediatamente, endureciéndose a medida que lo chupo y noto cómo ella se tensa debajo de mí, cambiando el ritmo de la respiración mientras se despierta.

Levanto la cabeza y miro hacia arriba, encontrándome con su mirada. Tiene miedo en los ojos, pero también algo más, algo que me pone cachondo de manera insoportable.

Deseo.

Lentamente, usando toda mi fuerza de voluntad para controlarme, deslizo la mano derecha sobre la cintura y la cadera. No hace ningún ruido, pero veo que se le ensombrecen los ojos a medida que muevo la mano hacia abajo para palpar la firmeza y las curvas del trasero. Tiene la piel fría y suave y se estira al apretarle la nalga. Es agradable al tacto, tan agradable, que la polla ya está lista para explotar y me tiembla la mano de placer mientras la muevo más hacia abajo pasando los dedos por esa curva y entre los muslos.

«Sí, eso es». Me empapa una salvaje sensación de triunfo cuando llego a sus pliegues y siento la humedad en el borde de la abertura. Tiene el coño listo para mí, tal y como lo tenía la primera vez que la toqué. Sosteniéndole aún la mirada, empujo el dedo dentro de la estrecha calidez y siento cómo se estremece al reprimir un gemido.

—Me deseas, ¿a que sí? —digo con voz baja y ronca —. Deseas esto.

Encuentro el clítoris con el pulgar y lo presiono, observando su reacción. Parece que ha dejado de respirar mientras me mira con sus ojos enormes dentro de la delgadez de su cara.

—Dilo. —Curvo el dedo dentro de ella y hago más presión en el clítoris—. Dime que quieres esto, joder.

Traga, moviendo la pálida garganta, y siento su coño apretándome el dedo mientras un estremecimiento le recorre el cuerpo.

—Lucas, por favor...

—Dilo, joder. —Aprieto los dientes, pero cierra los ojos apartando la cara. Ahora respira deprisa y se le expande y contrae el pecho a un ritmo frenético. Siento los músculos apretándose a medida que meto otro dedo dentro de ella, estirando su estrecho canal.

Se está resistiendo, me está rechazando.

Mi hambre se vuelve oscura, la lujuria se entremezcla con la rabia y la frustración. ¿Cómo coño se atreve a hacerme esto? Es mía, su cuerpo es mío para hacer lo que quiera. No tiene elección. Es mi prisionera, mi botín de guerra, y he sido más que paciente con ella.

—Mírame. —Manteniendo la mano en su sexo, me pongo de rodillas y le cojo de la barbilla con la otra mano forzándola a mirarme—. Nada de jueguecitos conmigo —rujo cuando abre los ojos—. Porque perderás, ¿me has entendido?

Ella parpadea y siento sus músculos internos

ondulándose alrededor de los dedos. Está chorreando, su cuerpo da la bienvenida a mi tacto.

—Sí.

—¿Sí, qué? —es todo lo que puedo decir en lugar de follármela ahora mismo. Muevo el pulgar sobre el clítoris provocándole un gemido—. ¿Sí, qué?

—Sí, lo… —dice con voz temblorosa antes de tomar aire—. Lo he entendido.

—Bien. Ahora deja de mentir y responde a la maldita pregunta. —Curvo los dedos dentro de ella, arrancándole otro gemido—. ¿Me deseas?

Su asentimiento es leve, casi imperceptible, pero es suficiente.

Le libero la cara y saco los dedos del coño, con los huevos a punto de explotar. Me tienta tirármela sobre la manta, pero he estado imaginándola sobre la cama todas estas semanas y ahí es donde la quiero esta vez.

Demasiado impaciente para molestarme en desatar los nudos, me levanto y voy al cuarto de la lavadora, donde dejé la ropa ensangrentada. Treinta segundos después, regreso con la navaja.

La abro acercándome a las piernas de Yulia. Abre los ojos con un miedo repentino, pero solo corto la cuerda, liberándole los tobillos.

—Quédate tumbada —le ordeno, levantándome para rodearla. Un segundo más tarde le libero los brazos también. No quiero un arma cerca de ella, así que voy al otro lado del cuarto y pongo la navaja en el cajón más alto del vestidor antes de girar el rostro hacia ella.

Yulia está de rodillas a punto de levantarse, pero no le doy la oportunidad. Acortando la distancia entre nosotros, me agacho y la levanto, apoyándola sobre el pecho. Sé que puede llegar sola a la cama, pero necesito tocarla, sentirla. Veo el pulso latirle en la garganta cuando la tiendo sobre las sábanas blancas y mi deseo se intensifica.

«Mía. Es mía».

Las palabras me bombardean la cabeza. Nunca me había sentido tan posesivo con una mujer, nunca había querido dominar a una tanto. El deseo es puramente visceral, una necesidad tan oscura y antigua como el impulso de matar. Ya la poseí esa noche en Moscú, pero no es suficiente.

Está muy lejos de ser suficiente.

Observándola, alcanzo el cajón de la mesilla que hay junto a la cama y saco un envoltorio de aluminio. Rompiéndolo con los dientes, saco el condón y lo desenrollo sobre su palpitante polla. Me sigue los dedos con la mirada y veo cómo se le tensa el cuerpo aún más. ¿Con miedo? ¿Con deseo? No lo sé y ya ha dejado de importarme.

—Ven aquí —ordeno mientras subo a la cama. No sé qué esperar cuando me acerco a ella, pero jamás me hubiera imaginado lo que está sucediendo.

En el momento en el que la toco, Yulia me rodea el cuello con los brazos y presiona los labios contra los míos.

26

ulia

No sé qué me hace besar a Lucas en este momento, pero tan pronto como nuestros labios se encuentran mi ansiedad desaparece siendo reemplazada por una dolorosa necesidad. Deseo a mi captor, a este hombre duro y desconcertante.

Con mis fantasías recientes en la mente lo deseo más de lo que lo temo.

El pánico que he sentido antes se ausenta, los oscuros recuerdos se apagan cuando me hunde contra el colchón y desliza las manos por el pelo. Arqueo el cuerpo contra él e intensifica el beso, invadiéndome la boca con la lengua y explorándola con hambre. Sabe a pasión acalorada y cruda, como mis sueños y pesadillas. Me devora y yo lo devoro, moviendo desenfrenadamente las manos por su musculosa espalda, el cuello y el pelo corto. Sé que es probable que me mate en un futuro no muy lejano, sé que las manos que me acunan la cabeza algún día me romperán el cráneo, pero, en este momento, nada de eso importa.

Estoy viviendo solo el presente, donde su tacto me da placer en lugar de dolor.

Mueve los labios sobre mi oreja y siento que me roza el cuello con los dientes antes de chuparme la delicada piel. Todo el vello del cuerpo se me eriza, el deseo aumenta y se electriza a medida que desliza la mano derecha por mi costado viajando por la curva de la cintura y de la cadera antes de hurgar entre nuestros cuerpos hasta encontrarme el sexo. De manera infalible, me toca el clítoris con los dedos y el deseo se intensifica, la tensión se vuelve insoportable.

Grito su nombre, impactada por la intensidad de las sensaciones, pero es demasiado tarde. Ya me estoy corriendo, mi cuerpo ha estado al límite durante mucho tiempo.

Me acaricia a través de demoledoras sacudidas de placer, rozándome los pliegues con los dedos hasta que el orgasmo termina y entonces me coge de la pierna y la pone sobre su cadera, abriéndome. Me presiona la polla contra el interior de los muslos, dura e inflexible, y una oleada de miedo me invade cuando me encuentro con su reluciente mirada.

—Voy a follarte —dice con voz grave y gutural—. Eres mía, ¿entendido? Mía.

Atónita, intento procesar esa afirmación, pero, en ese momento, Lucas me besa otra vez y se me cierran los ojos, esfumándose mi habilidad para pensar. Su cuerpo es una jaula de hierro caliente encima de mí, su olor y sabor me abruman los sentidos. No puedo respirar sin inhalarlo, no puedo sentir nada aparte de la fuerza devoradora de esa boca y la dureza de la erección en la entrada de mi cuerpo.

Me aferro a los costados arañándole la piel y entonces siento cómo empuja la polla hacia mí, penetrándome. Me agarra del pelo con la mano izquierda, evitando que me aparte de su boca, y no puedo siquiera gritar cuando me penetra, invadiendo mi cuerpo como si tuviera derecho sobre él. Me la mete profundamente, tanto, que debería dolerme y duele, aunque también hay placer, placer y una especie de alivio.

Alivio porque, en este momento, le pertenezco de verdad.

Cuando me la mete hasta el fondo, levanta la cabeza dejando que recupere el aliento y abro los ojos encontrándome con su mirada. Tiene los labios brillantes por los besos y la piel bronceada por el sol le acentúa los bellos y duros rasgos. Puedo sentir cómo me llena por dentro, su calor me quema y mi cuerpo se relaja, aceptándolo más húmeda.

—Yulia —susurra mirándome y sé que la siente también, esta atracción, esta conexión tan visceral entre nosotros. Quizás tenga todo el poder, pero, en este momento, es tan vulnerable como yo, atrapado en la misma locura.

No sé si él también se ha dado cuenta, pero, de repente, endurece la mandíbula, los ojos se le enfrían y los cierra. Sin decir una sola palabra, coge con la mano izquierda una de mis muñecas y la pone por encima de mi cabeza. Después hace la misma maniobra con la mano derecha, dejándome extendida bajo él, incapaz de moverme o tocarle de ninguna manera.

Así, quedo indefensa bajo un hombre que quiere castigarme.

—Lucas, espera —susurro sintiendo una punzada oscura de pánico, pero es demasiado tarde. Sujetándome las muñecas por encima de la cabeza, se empieza a mover dentro de mí con los ojos centelleantes por una furia gélida. Sus embestidas son fuertes, sin compasión, robándome el aliento y arrancándome de la garganta gritos de dolor. No me está haciendo el amor: está apropiándose de mi cuerpo, reclamándolo como si fuera un conquistador.

Comienzo a resistirme, el pánico resurge cuando me invaden los viejos recuerdos pero no puedo hacer nada para evitarlo. Estoy inmovilizada, dominada, y el hombre que está sobre mí no tiene piedad. Su cuerpo toma el mío una y otra vez y siento que me deslizo a ese lugar frío, oscuro, a ese lugar del que luché tanto por salir. La línea entre el pasado y el presente se diluye, y oigo la cruel e insultante voz de Kirill. Huelo el asfixiante hedor de su colonia mientras me tira al suelo. El horror empieza a hundirme, pero, antes de estar completamente perdida, Lucas me coge de las muñecas con una de sus grandes manos y mete la otra entre nosotros, encontrándome el clítoris una vez más. Su tacto es hábil y un sorprendente placer me trae de vuelta al presente, haciéndome consciente de la tensión que se está creando dentro de mí de nuevo.

Con los ojos apretados con fuerza trato de girarme, de escapar, pero no hay lugar al que pueda ir. Solo existe esa polla dentro de mí y esos dedos sobre el clítoris, dolor y placer enredados en una viciosa espiral erótica. Con Kirill nunca había placer, nunca había nada aparte de dolor y el impacto de las dos sensaciones me deja estancada en el momento, recordándome que el hombre que está sobre mí no es mi instructor.

Es Lucas, otro hombre que me odia.

Pero mi cuerpo no lo sabe, no se da cuenta de que la manera en la que me toca no debería darme placer. A pesar de la dureza de sus embestidas, los dedos de Lucas son suaves y el placer se intensifica, ahuyentando la oscuridad. Me arqueo jadeando, súplicas frenéticas me salen de la garganta, mientras me presiona más fuerte el clítoris llevándome a un volcánico e intenso límite.

—Córrete para mí, preciosa —dice con voz rasgada, bajando la cara hasta mi cuello y, para mi sorpresa, siento que estoy llegando al punto álgido. Me brota e irradia una explosión de éxtasis por cada célula del cuerpo, todos los músculos se me estremecen por las sensaciones a medida que me contraigo sobre su grueso pene.

Aturdida, grito su nombre y, en ese momento, oigo que le cambia la respiración, un grave gemido le retumba en el pecho. Aprieta más la mano alrededor de las muñecas cuando me embiste una última vez y se detiene, haciendo con las caderas un movimiento circular devastador. Siento su polla palpitando dentro de mí y sé que él también se ha corrido.

Jadeando desesperadamente, vuelvo la cabeza hacia un lado, no quiero verle la cara ni afrontar el caos de sentimientos en mi interior. Estoy hecha añicos, destrozada tanto por el dolor como por el placer. Sigue dentro de mí, con el pene un poco más blando que antes. Siento el sudor pegajoso sobre nuestros cuerpos, oigo los fuertes bramidos de su respiración y extrañas e inoportunas lágrimas me queman los ojos

Si tenía dudas sobre la realidad de lo que está pasando, ahora se han disipado. Este acto, este hecho desgarrador que ha ocurrido entre nosotros, me reafirma más que nunca el hecho de que Lucas está vivo.

Está vivo y soy su prisionera.

Las lágrimas amenazan con derramarse y aprieto los párpados con fuerza, decidida a evitar que esto suceda. No puedo permitirme el lujo de llorar. Sea lo que sea que esto signifique, lo que Lucas tenga pensado para mí, tengo que soportarlo. Tengo que ser fuerte porque esto es solo el principio.

Mi cautividad no ha hecho más que empezar.

ANTICIPOS

¡Gracias por leer! Espero que te hayan gustado Lucas y Yulia. Su romance continúa en *Átame (Atrápame: Libro 2)*.

> *Mi nuevo prisionera es una contradicción que me vuelve loca: obediente pero desafiante, frágil pero fuerte. Tengo que descubrir sus secretos, pero hacerlo podría truncarlo todo.*
>
> *Mi obsesión podría destruirnos a ambos.*

¿Quieres que te avise de mis novedades? Inscríbete en mi lista de correo electrónico en www.annazaires.com/book-series/espanol.

¿Quieres leer mis otros libros? Puedes echarle un vistazo a:

- *La trilogía Secuestrada*: la oscura historia de

cómo el jefe de Lucas, Julian Esguerra, secuestró a su esposa, Nora.
- *La trilogía Mia & Korum*: la historia futurista de ciencia ficción de Korum, un poderoso alienígena, y Mia, la tímida estudiante que él está decidido a poseer.

Y ahora, pasa la página y disfruta de un avance de *Secuestrada* y *Contactos Peligrosos*.

EXTRACTO DE SECUESTRADA

Nota del autor: *Secuestrada* es una oscura trilogía erótica sobre Nora y Julian Esguerra. Los tres libros se encuentran ya disponibles.

Me secuestró. Me llevó a una isla privada.

Nunca pensé que pudiera pasarme algo así. Nunca imaginé que ese encuentro fortuito en la víspera de mi decimoctavo cumpleaños pudiera cambiarme la vida de una forma tan drástica.

Ahora le pertenezco. A Julian. Un hombre que tan despiadado como atractivo, un hombre cuyo simple roce enciende la chispa de mi deseo. Un hombre cuya ternura encuentro más desgarradora que su crueldad.

Mi secuestrador es un enigma. No sé quién es o por qué me raptó. Hay cierta oscuridad en su interior, una oscuridad que me asusta al mismo tiempo que me atrae.

Me llamo Nora Leston, y esta es mi historia.

Está empezando a atardecer y con el paso del tiempo, estoy cada vez más nerviosa por la idea de volver a ver a mi secuestrador.

La novela que he estado leyendo ya no consigue distraerme, así que la dejo y comienzo a andar en círculos por la habitación.

Llevo puesta la ropa que Beth me ha dejado antes: un vestido veraniego azul que se abrocha por delante, bastante bonito. No es exactamente el estilo de ropa que me gusta, pero es mejor que un albornoz. De ropa interior hay unas braguitas blancas de encaje sexis y un sujetador a juego. Sospechosamente, toda la ropa me queda bien. ¿Habrá estado espiándome todo este tiempo? ¿Estudiándolo todo sobre mí, incluida mi talla de ropa?

Este pensamiento me revuelve el estómago.

Intento no pensar en lo que va a suceder a continuación, pero es imposible apartarlo de mi mente. No sé por qué, pero estoy segura de que vendrá a verme esta noche. Puede que tenga todo un harén de mujeres ocultas en esta isla y que vaya visitándolas un día a la semana a cada una, como hacían los sultanes.

Aun así, presiento que llegará pronto. Lo que pasó

anoche no hizo más que abrirle el apetito, por eso sé que aún no ha terminado conmigo, ni mucho menos.

Finalmente, la puerta se abre.

Camina como si toda la estancia le perteneciera. Bueno, en realidad, le pertenece.

De nuevo, me veo absorta en su belleza masculina. Podría ser modelo o estrella de cine con esas facciones. Si hubiera justicia en este mundo, sería bajito o tendría algún defecto que compensara la perfección de sus facciones.

Pero no, no tiene ninguno. Es alto y su cuerpo musculado hace que esté perfectamente proporcionado. Recuerdo lo que es tenerlo dentro y siento a la vez una molesta sacudida de excitación.

Como las otras veces, lleva unos vaqueros y una camiseta de manga corta. Una gris esta vez. Parece que le gusta la ropa sencilla, y acierta. No necesita realzar su aspecto físico.

Me sonríe. Lo hace con esa sonrisa de ángel caído, misteriosa y seductora al mismo tiempo.

—Hola, Nora.

No sé cómo contestarle, así que le suelto lo primero que se me viene a la mente.

—¿Cuánto tiempo me vas a tener retenida aquí?

Ladea la cabeza ligeramente.

—¿Aquí en la habitación? ¿O en la isla?

—En las dos.

—Beth te enseñará la isla un poco mañana. Podrás darte un baño si te apetece —me dice, acercándose un poco más—. No te quedarás aquí encerrada, a no ser que hagas alguna tontería.

—¿Alguna tontería? ¿Cómo cuál? —pregunto. Me empieza a latir el corazón a toda velocidad al tiempo que él se para justo enfrente y alza la mano para acariciarme el pelo.

—Intentar hacer daño a Beth o incluso a ti misma. —Su voz es dulce y su mirada me tiene hipnotizada mientras me observa.

Parpadeo para tratar de romper su hechizo.

—Entonces, ¿cuánto tiempo me vas a tener aquí en la isla?

Me acaricia la cara con la mano y la curva alrededor de la mejilla. Me descubro apoyándome en su roce, al igual que un gato cuando lo acarician, pero trato de recomponerme inmediatamente.

Esboza una sonrisa de suficiencia. El cabrón sabe el efecto que tiene sobre mí.

—Espero que durante mucho tiempo —me contesta.

Por alguna extraña razón, no me sorprende. No se hubiera tomado tantas molestias en traerme aquí si solo quisiera acostarse conmigo unas pocas veces. Estoy aterrada, pero tampoco me sorprende mucho.

Me armo de valor y le hago la siguiente pregunta:

—¿Por qué me has secuestrado?

De repente la sonrisa desaparece. No responde; se limita a observarme con su inescrutable mirada azul.

Comienzo a temblar.

—¿Vas a matarme?

—No, Nora. No voy a matarte.

Su respuesta me tranquiliza, aunque obviamente puede que me esté mintiendo.

—¿Vas a venderme? —consigo articular palabra con dificultad—. ¿Como si fuera una prostituta o algo así?

—No —me responde dulcemente—. Nunca. Eres mía y solo mía.

Me siento algo más aliviada, pero aún hay algo más que tengo que averiguar.

—¿Me harás daño?

Por un momento, vuelve a dejarme sin respuesta. En sus ojos se adivina un halo de oscuridad.

—Probablemente —responde con voz queda.

Y de repente se acerca a mí y me besa, esta vez de manera dulce y suave.

Permanezco allí, petrificada, sin reaccionar durante un segundo. Lo creo. Sé que me dice la verdad cuando afirma que me hará daño. Hay algo en él que me pone los pelos de punta, que me ha alarmado desde la noche que lo conocí.

No es como los otros chicos con los que he salido. Es capaz de cualquier cosa. Y yo me veo totalmente a su merced.

Pienso en enfrentarme a él de nuevo. Sería lo normal en mi situación, lo más valiente. Y aun así no lo hago.

Siento la oscuridad que hay en su interior. Hay algo que no me encaja de él. Su belleza exterior esconde dentro algo monstruoso.

No quiero provocar esa oscuridad. No quiero descubrir lo que pasaría si lo hago.

Así que permanezco metida en su abrazo y dejo que me bese. Y cuando me agarra y me lleva hacia la cama de nuevo, no trato de resistirme de ningún modo.

En lugar de eso, cierro los ojos y me entrego por completo a esa sensación.

Secuestrada ya está disponible. Para saber más y registrarte para mi lista de nuevas publicaciones, visita www.annazaires.com/book-series/espanol.

EXTRACTO DE CONTACTOS PELIGROSOS

Nota del autor: *Contactos Peligrosos* es el primer libro de la trilogía de las Crónicas de Krinar. Los tres libros se encuentran ya disponibles.

~

En un futuro cercano, la Tierra está bajo el dominio de los Krinar, una avanzada raza de otra galaxia que es todavía un misterio para nosotros…y estamos completamente a su merced.

Tímida e inocente, Mia Stalis es una estudiante universitaria de la ciudad de Nueva York que hasta ahora había llevado una vida normal. Como la mayoría de la gente, ella nunca había interaccionado con los invasores, hasta que un fatídico día en el parque lo cambia todo. Después de llamar la atención de Korum, ahora debe lidiar con un krinar poderoso y peligrosamente seductor que quiere poseerla y que no se detendrá ante nada para hacerla suya.

¿Hasta dónde llegarías para recuperar tu libertad? ¿Cuánto te sacrificarías para ayudar a los tuyos? ¿Cuál será tu elección cuando empieces a enamorarte de tu enemigo?

Respira, Mia, respira. Algo en el fondo de su mente, una pequeña voz racional, repetía sin cesar esas palabras. Esa misma parte extrañamente objetiva de ella notó la simetría de su rostro, la piel dorada que cubría tersamente sus pómulos altos y su firme mandíbula. Las fotos y vídeos de los K que ella había visto no les hacían justicia en absoluto. Vista a unos diez metros de distancia, la criatura era simplemente impresionante.

Mientras seguía mirándolo fijamente, todavía paralizada en el sitio, él dejó de apoyarse y empezó a andar hacia ella. O mejor dicho, a rondar con movimientos acechantes en su dirección, pensó ella estúpidamente, porque cada uno de sus pasos le recordaba a los de un felino selvático aproximándose con andares sinuosos a una gacela. Sus ojos no dejaban de sostenerle la mirada. Según él se iba acercando, ella podía distinguir unas motas amarillas tachonando sus ojos de un dorado claro, y unas tupidas y largas pestañas que los rodeaban.

Ella lo miró entre incrédula y horrorizada cuando se sentó en su banco, a menos de medio metro de ella, y le sonrió, mostrando unos dientes blancos y perfectos. "No tiene colmillos", advirtió alguna parte de su cerebro que aún funcionaba, "ni rastro de ellos". Ese era otro mito sobre ellos, igual que el que supuestamente odiaran la luz del sol.

—¿Cómo te llamas? —Fue como si la criatura prácticamente hubiese ronroneado la pregunta. Su voz era grave y sosegada, sin ningún acento. Le vibraron ligeramente las fosas nasales, como si estuviera captando su aroma.

—Eh... —Ella tragó saliva con nerviosismo—. M-Mia.

—Mia —repitió él lentamente, como saboreando su nombre—. ¿Mia qué?

—Mia Stalis. —Oh, mierda, ¿para qué querría saber su nombre? ¿Por qué estaba aquí, hablando con ella? En suma: ¿qué estaba haciendo en Central Park, tan lejos de cualquiera de los Centros K? *Respira, Mia, respira.*

—Relájate, Mia Stalis. —Su sonrisa se hizo más amplia, haciendo aparecer un hoyuelo en su mejilla izquierda. ¿Un hoyuelo? ¿Tenían hoyuelos los K?

—¿No te habías topado antes con ninguno de nosotros?

—No, nunca. —Mia soltó aire de golpe, al darse cuenta de que estaba aguantando la respiración. Estaba orgullosa de que su voz no sonara tan temblorosa como ella se sentía. ¿Debería preguntarle? ¿Quería saber? Reunió el valor—: ¿Qué, eh... —y tragó de nuevo — ¿qué quieres de mí?

—Por ahora, conversación. —Parecía como si estuviera a punto de reírse de ella, con esos ojos dorados haciendo arruguitas en las sienes.

De algún modo extraño, eso la enfadó lo suficiente para que su miedo pasara a un segundo plano. Si había algo que Mia odiaba era que se rieran de ella. Siendo bajita y delgada, y con una falta general de habilidades sociales causada por una fase difícil de la adolescencia que contuvo todas las pesadillas posibles para una chica, incluyendo aparatos en los dientes, gafas y un pelo crespo descontrolado, Mia ya había tenido más que suficiente experiencia en ser el blanco de las bromas de los demás.

Levantó la barbilla, desafiante:

—Vale, entonces, ¿Cómo te llamas *tú*?

—Korum.

—¿Solo Korum?

—No tenemos apellidos, al menos no tal como vosotros los tenéis. Mi nombre es mucho más largo, pero no serías capaz de pronunciarlo si te lo dijera.

Vale, eso era interesante. Ahora recordaba haber leído algo así en el *New York Times*. Por ahora, todo iba bien. Ya casi habían dejado de temblarle las piernas, y su respiración estaba volviendo a la normalidad. Quizás, solo quizás, saldría de esta con vida. Eso de darle conversación parecía bastante seguro, aunque la manera en la que él seguía mirándola fijamente con esos ojos que no parpadeaban era inquietante. Decidió hacer que siguiera hablando.

—¿Qué haces aquí, Korum?

—Te lo acabo de decir: mantener una conversación contigo, Mia. —En su voz se percibía de nuevo un toque de hilaridad.

Frustrada, Mia resopló.

—Quiero decir, ¿qué estás haciendo aquí, en Central Park? ¿Y en Nueva York en general?

Él sonrió de nuevo, inclinando ligeramente la cabeza hacia un lado.

—Quizá tuviera la esperanza de encontrarme con una bonita joven de pelo rizado.

Vale, ya era suficiente. Estaba claro, él estaba jugando con ella. Ahora que podía volver a pensar un poquito, se dio cuenta de que estaban en medio de Central Park, a plena vista de más o menos un millón de espectadores. Miró con disimulo a su alrededor para confirmarlo. Sí, efectivamente, aunque la gente se apartara de forma evidente del banco y de su ocupante de otro planeta, había algunos valientes mirándoles desde un poco más arriba del sendero. Un par de ellos incluso estaban filmándoles con las cámaras de sus relojes de pulsera. Si el K intentara hacerle algo, estaría colgado en YouTube en un abrir y cerrar de ojos, y seguro que él lo sabía. Por supuesto, eso podía o no importarle.

Pero teniendo en cuenta que nunca había visto videos de ningún K abusando de estudiantes universitarias en medio de Central Park, Mia se creyó relativamente a salvo, alcanzó cautelosa su portátil y lo levantó para volver a ponerlo en la mochila.

—Déjame ayudarte con eso, Mia.

Y antes de que pudiera mover un pelo, sintió como le quitaba el pesado portátil de unos dedos que repentinamente parecían sin fuerza, y como al hacerlo rozaba suavemente sus nudillos. Cuando se tocaron, una sensación parecida a una débil descarga eléctrica atravesó a Mia y dejó un hormigueo residual en sus terminaciones nerviosas.

Él alcanzó su mochila y guardó cuidadosamente el portátil con un movimiento suave y sinuoso.

—Ya está, todo listo.

Oh Dios, la había tocado. Tal vez su teoría sobre la seguridad de las ubicaciones públicas fuera falsa. Sintió como su respiración volvía a acelerarse, y cómo su ritmo cardíaco alcanzaba probablemente su umbral anaeróbico.

—Ahora tengo que irme... ¡Adiós!

Después no pudo explicarse como había conseguido soltar esas palabras sin hiperventilar. Agarrando la correa de la mochila que él acababa de soltar, se puso de pie de golpe, notando en lo profundo de su mente que su parálisis anterior parecía haberse desvanecido.

—Adiós, Mia. Nos vemos. —Su voz ligeramente burlona atravesó el limpio aire primaveral hasta ella mientras se marchaba casi a la carrera en sus prisas por alejarse de allí.

Contactos Peligrosos ya está disponible. Para saber más y registrarte para mi lista de nuevas publicaciones, visita www.annazaires.com/book-series/espanol.

SOBRE LA AUTORA

Anna Zaires es una autora de novelas eróticas contemporáneas y de romance fantástico, cuyos libros han sido éxitos de ventas en el New York Times y el USA Today, y han llegado al primer puesto en las listas internacionales. Se enamoró de los libros a los cinco años, cuando su abuela la enseñó a leer. Poco después escribiría su primera historia. Desde entonces, vive parcialmente en un mundo de fantasía donde los únicos límites son los de su imaginación. Actualmente vive en Florida y está felizmente casada con Dima Zales —escritor de novelas fantásticas y de ciencia ficción—, con quien trabaja estrechamente en todas sus novelas.

Si quieres saber más, pásate por www.annazaires.com/book-series/espanol.

Made in the USA
Las Vegas, NV
17 December 2023

83099453R00133